LE BAL

Danielle Steel

LE BAL

Traduit de l'anglais (Etats-Unis)
par Edwige Hennebelle

ÉDITIONS FRANCE LOISIRS

Titre original : *Coming Out*

Édition du Club France Loisirs,
avec l'autorisation des Éditions Presses de la Cité.

Éditions France Loisirs,
123, boulevard de Grenelle, Paris
www.franceloisirs.com

A mes enfants, merveilleux et exceptionnels,
Beatrix, Trevor, Todd, Nick,
Samantha, Victoria, Vanessa,
Maxx et Zara,
pour la grâce et le courage
avec lesquels ils grandissent.
Pour la sagesse, la joie et l'amour
dont ils me comblent.
Je vous remercie de m'avoir appris
les choses les plus importantes de la vie,
et de partager avec moi
des moments si précieux.
Puissiez-vous être heureux à jamais.
Avec tout mon cœur et mon amour,

Maman/d.s.

Proverbes 31

10 Qui peut trouver une femme de valeur ? Car son prix dépasse largement celui des rubis.

11 Son mari a confiance en elle...

12 Elle lui fait du bien et non du mal, tous les jours de sa vie.

13... Elle travaille de ses mains avec diligence.

14... Elle apporte son pain de loin.

15 Elle se lève alors qu'il fait encore nuit et sert le repas à la maisonnée...

16 Elle pense à un champ et l'achète ; avec le labeur de ses mains, elle plante une vigne.

18... Sa chandelle ne s'éteint pas la nuit.

20 Elle tend la main au pauvre ; elle ouvre ses bras au nécessiteux.

25 Elle est pleine de force et d'honneur et elle se réjouit du lendemain.

26 Elle parle avec sagesse et ses paroles enseignent la bienveillance.

27 Elle veille à la bonne marche de sa maison et ne se nourrit pas du pain de la paresse.

28 Ses enfants se lèvent et louent sa bonté ; et son mari aussi fait son éloge.

29 Beaucoup de filles se conduisent vertueusement, mais tu les surpasses toutes.

31 Offrez-lui le fruit de ses mains et que ce soit son labeur qui lui attire des louanges aux portes de la ville.

1

Par une belle matinée de mai, Olympia Crawford Rubinstein s'affairait dans la cuisine de sa maison typiquement new-yorkaise, située Jane Street, non loin des anciens abattoirs de West Village. C'était devenu un quartier résidentiel, où prédominaient les immeubles de grand standing et les vieilles maisons en grès rouge bien rénovées. Olympia préparait le déjeuner de son fils Max, âgé de cinq ans, que le bus scolaire déposerait dans quelques minutes. Il allait à la maternelle, et l'école était fermée le vendredi après-midi. C'est pourquoi Olympia ne travaillait pas ce jour-là, afin de le passer avec lui. Elle avait trois grands enfants de son premier mariage, et Max était le seul qu'elle avait eu avec Harry.

Ils s'étaient installés ici six ans plus tôt, alors qu'elle était enceinte de Max. Auparavant, ils avaient vécu dans l'appartement de Park Avenue qu'elle occupait avec ses enfants depuis son divorce. Elle avait rencontré Harry Rubinstein un an après avoir divorcé, et ils étaient mariés depuis treize ans maintenant. Ils avaient attendu huit ans avant d'avoir Max, un petit garçon facile, affectueux et drôle, adoré de tous.

Olympia travaillait dans un cabinet juridique réputé, où elle s'occupait des affaires d'enfants maltraités, un domaine où elle s'était fait un nom. Elle avait étudié le droit après son divorce. C'est à ce moment-là qu'elle avait rencontré Harry, qui était l'un de ses professeurs. Ils s'étaient mariés deux ans plus tard. Aujourd'hui Harry était juge à la cour d'appel fédérale.

Même s'ils venaient de milieux très différents, Olympia et Harry partageaient les mêmes valeurs, les mêmes convictions et les mêmes passions. Harry était d'origine juive et ses deux parents avaient échappé à la Shoah. Sa mère avait dix ans lorsqu'elle avait été envoyée à Dachau, où toute sa famille avait disparu ; son père avait été l'un des rares survivants d'Auschwitz. Ils s'étaient rencontrés en Israël et, après s'être mariés très jeunes, s'étaient installés à Londres, puis aux Etats-Unis. N'ayant plus aucune famille ni l'un ni l'autre, ils avaient reporté sur leur fils unique tous leurs rêves et tous leurs espoirs. Pour lui donner la meilleure éducation, ils avaient travaillé dur toute leur vie, son père comme tailleur, sa mère comme couturière. Ils avaient connu les ateliers clandestins du Lower East Side, avant de s'établir sur la Septième Avenue. Le plus grand regret de Harry était que son père n'ait pas connu Max. Il était mort juste après son mariage avec Olympia. Frieda, sa mère, avait maintenant soixante-seize ans. C'était une femme intelligente, énergique et charmante, qui considérait son fils comme un génie et son petit-fils comme un prodige.

En épousant Harry, Olympia avait renoncé à sa religion pour se convertir au judaïsme. Ils fréquentaient assidûment la synagogue et, tous les vendredis soir, Olympia récitait les prières du shabbat et allumait les bougies, un geste que Harry trouvait infiniment touchant. A ses yeux comme à ceux de Frieda, Olympia était une femme fantastique, une mère extraordinaire, une avocate géniale et une épouse merveilleuse. Lui aussi avait déjà été marié, mais sans avoir d'enfants. Il avait cinquante-trois ans, Olympia en aurait quarante-cinq en juillet, et ils s'entendaient parfaitement bien, en dépit de leurs origines diamétralement opposées. Physiquement aussi, ils se complétaient admirablement : Olympia était blonde aux yeux bleus, Harry brun aux yeux sombres ; elle était toute petite, alors qu'il avait une taille imposante. Souriant et facile à vivre, il avait un côté rassurant. Bien que timide et sérieuse, Olympia était toujours prête à rire, surtout avec ses enfants et Harry. Vis-à-vis de Frieda, elle était la plus dévouée et la plus aimante des belles-filles.

Contrairement à Harry, Olympia appartenait à la haute société new-yorkaise. Sa famille était alliée aux Astor et aux Vanderbilt. De nombreux établissements, universitaires et autres, portaient le nom de Crawford, et leur propriété de Newport, où elle avait passé tous les étés quand elle était enfant, était l'une des plus imposantes du Rhode Island. Olympia avait perdu ses parents lorsqu'elle était étudiante. A leur mort, la fortune familiale se trouvait presque réduite à néant. Elle avait été obligée de vendre la propriété pour payer dettes et impôts. Son père n'avait jamais vraiment travaillé et, comme l'avait dit un parent éloigné, il possédait une petite fortune... et l'avait faite en partant d'une grosse. Une fois les biens de ses parents vendus et leurs dettes remboursées, il n'était resté rien d'autre à Olympia que ses relations dans la haute société. Elle avait eu tout juste assez d'argent pour achever ses études et mettre un petit pécule de côté, qui lui avait servi plus tard à payer ses cours de droit.

Elle avait épousé son premier amour, Chauncey Bedham Walker, six mois après la fin de leurs études universitaires. Capitaine de l'équipe d'aviron, excellent cavalier, joueur de polo, il était beau, plein de charme et toujours prêt à s'amuser. Comment Olympia n'aurait-elle pas été éblouie ? Elle en était tombée éperdument amoureuse. Elle était si éprise de Chauncey qu'elle n'avait pas remarqué qu'il buvait, s'adonnait au jeu, draguait les filles et dépensait beaucoup trop. Il était entré dans la banque d'affaires familiale, où il n'en avait fait qu'à sa tête. C'est-à-dire que, très vite, il n'était plus allé travailler que très épisodiquement, s'était désintéressé de sa femme et avait multiplié les liaisons. Quand Olympia avait pris conscience de la situation, ils avaient déjà trois enfants : Charlie, né deux ans après leur mariage, Virginia et Veronica – de vraies jumelles – trois ans plus tard.

Quand Chauncey et Olympia se séparèrent, Charlie avait cinq ans et ses petites sœurs deux. A peine eurent-ils divorcé que Chauncey quitta la banque pour aller vivre à Newport avec sa grand-mère et consacrer tout son temps au polo et aux conquêtes féminines.

Un an plus tard, il rencontra Felicia Weatherton et l'épousa. Ils firent construire une maison sur la propriété de sa grand-mère, dont il finit par hériter, remplirent les écuries de nouveaux chevaux et eurent trois filles en quatre ans. Un an après le mariage de Chauncey avec Felicia, Olympia épousa Harry Rubinstein, ce que Chauncey trouva non seulement ridicule, mais atterrant. Il resta sans voix quand leur fils, Charlie, lui apprit que sa mère s'était convertie au judaïsme. Il avait été tout aussi choqué quand il avait appris qu'elle s'était inscrite en fac de droit. Il était clair que, malgré leurs origines semblables, Chauncey et elle n'avaient absolument rien de commun. En vieillissant, des attitudes qui lui paraissaient naturelles lorsqu'elle était jeune la consternaient. Presque toutes les valeurs prisées par Chauncey lui étaient insupportables.

Durant les quinze dernières années, ils avaient pourtant réussi à conserver des

16

rapports à peu près normaux, à l'exception de quelques frictions, souvent dues à l'argent. La contribution de Chauncey aux frais d'éducation de leurs trois enfants était correcte, sans plus. En dépit de sa fortune, il se montrait pingre avec sa première famille, et bien plus généreux avec sa seconde femme et leurs filles. Pour couronner le tout, il avait arraché à Olympia la promesse qu'elle n'inciterait jamais leurs enfants à embrasser la religion juive. C'était d'autant plus ridicule qu'elle n'en avait jamais eu l'intention. Elle ne s'était convertie que parce qu'elle aimait Harry. Mais Chauncey était bourré de préjugés et ouvertement antisémite. Même s'il était le père de ses enfants et qu'elle l'avait aimé, Olympia ne trouvait rien à dire pour sa défense. Harry le détestait et ne parvenait pas à comprendre qu'Olympia ait pu le supporter pendant sept ans. Des êtres comme Chauncey, Felicia et toute la société élitiste de Newport constituaient un mystère pour lui. Il refusait de s'y intéresser et n'avait aucune envie de connaître leur mode de fonctionnement, même si Olympia tentait quelquefois de le lui expliquer.

Harry adorait Olympia et les enfants, ne faisant pas de différence entre eux. D'ailleurs, d'une certaine manière, Veronica lui ressemblait plus qu'à son propre père. Comme Harry, elle avait des idées libérales et se sentait proche des gens. Virginia, en revanche, était assez snob et se montrait beaucoup plus frivole que sa sœur. Charlie, leur frère aîné, terminait ses études à l'université. Max, lui, suivait son petit bonhomme de chemin, toujours joyeux. Sa grand-mère prétendait qu'il était le portrait de son propre père, un rabbin qui avait été déporté à Dachau, où il avait soutenu de très nombreux prisonniers avant d'être exterminé avec toute sa famille.

Olympia avait toujours les larmes aux yeux quand Frieda évoquait son enfance et ses chers disparus. Le matricule tatoué à l'intérieur de son bras gauche rappelait à jamais sa jeunesse volée par les nazis. En raison de cette marque, elle avait porté des manches longues toute sa vie, et Olympia prenait toujours soin de lui acheter des chemisiers ou des pulls qui lui couvraient les bras. Le lien puissant, fait d'amour et de respect, qui unissait les deux femmes ne cessait de se renforcer au fil des années.

En apercevant le facteur, Olympia alla ramasser le courrier et le posa sur la table de la cuisine avant de continuer les préparatifs du repas. Au moment précis où elle terminait, le carillon de la porte retentit. Max rentrait de l'école et elle se réjouissait de passer l'après-midi avec lui. Leurs vendredis étaient toujours réussis. Olympia était consciente d'avoir beaucoup de chance. Elle adorait son métier, qui la comblait, et elle avait une famille qui la remplissait de bonheur. L'équilibre entre sa vie privée et sa vie professionnelle était parfait et lui permettait d'être pleinement heureuse.

Cet après-midi, elle emmènerait Max jouer au football. Les jumelles rentreraient plus tard, après leurs propres activités extrascolaires, c'est-à-dire le tennis, la natation et les petits copains, surtout pour Virginia. Veronica, elle, ressemblait à sa mère et se montrait plus distante, plus timide, et très exigeante dans ses fréquentations. De l'avis général, Virginia était plus populaire et Veronica meilleure élève. Toutes les deux venaient d'être acceptées par la prestigieuse université Brown, où elles entreraient à l'automne, après avoir terminé le lycée en juin.

Charlie aurait pu entrer à Princeton, où il avait été admis, comme son père et comme trois générations de Walker avant lui. Mais il avait préféré aller à Dartmouth. Il pratiquait le hockey sur glace, et Olympia priait pour qu'il ne soit pas blessé. Il rentrait dans une semaine, car les vacances d'été allaient commencer. Il devait aller voir son père, sa belle-mère et ses trois demi-sœurs à Newport, puis il travaillerait dans un camp de vacances du Colorado, où il enseignerait l'équitation et les soins aux chevaux. Il avait hérité de la passion de son père pour les sports équestres et était un brillant joueur de polo, mais ne souhaitait pas en faire un métier. Passer l'été à cheval et apprendre à monter à des enfants lui plaisait beaucoup, ce dont Olympia et Harry se félicitaient. Ce dernier n'aurait pas aimé que Charlie passe l'été à Newport en mondanités, comme son père. A ses yeux, le mode de vie de Chauncey n'avait aucun intérêt. Il était heureux de constater que Charlie possédait beaucoup plus de profondeur et de générosité que son père. C'était un jeune homme charmant et chaleureux, ayant la tête sur les épaules et doté de principes et de convictions solides.

Pour fêter leur diplôme, les filles partiraient en Europe avec des amies. Olympia, Harry et Max les retrouveraient à Venise en août. Puis ils visiteraient ensemble l'Ombrie, s'arrêteraient au lac de Côme, avant de se rendre en Suisse, où Harry avait des parents éloignés. Olympia se réjouissait d'avance de ce voyage. Peu après leur retour, elle emmènerait les filles à Brown, et il ne resterait plus que Max à la maison. Déjà, depuis le départ de Charlie, trois ans auparavant, elle lui paraissait trop calme et il lui manquait terriblement. Voir les filles partir à leur tour allait être très douloureux pour elle. Même à présent, elles anticipaient leur liberté future et étaient souvent absentes. Olympia regrettait que Harry et elle n'aient pas décidé d'avoir d'autres d'enfants après Max. La présence de Max dans leur vie les avait encore rapprochés et était un cadeau fantastique. Mais, à près de quarante-cinq ans, elle ne se voyait pas recommencer à jongler avec les couches et les tétées. C'était une période révolue.

Olympia courut vers la porte dès qu'elle entendit le carillon. Max se tenait sur le seuil, dans toute la splendeur de ses cinq ans et, comme chaque fois qu'il voyait sa mère, il jeta ses bras autour de son cou avec un sourire radieux.

— Ce matin, c'était génial, maman ! dit-il avec enthousiasme.

Tout, dans la vie, ravissait Max : il adorait ses parents, ses sœurs, son frère – qu'il voyait peu, mais dont il était fou –, sa grand-mère, les sports qu'il pratiquait, les films qu'il voyait, la nourriture que sa mère lui servait, ses petits copains de l'école.

— On a mangé des madeleines pour l'anniversaire de Jenny ! Elles étaient au chocolat... et il y avait des pépites !

A l'entendre, il s'agissait d'un événement inattendu et fabuleux, alors qu'Olympia savait qu'ils fêtaient un anniversaire, avec madeleines et chocolat, presque toutes les semaines. Pour Max, chaque jour, avec ses surprises, était nouveau et merveilleux.

— Miam ! Tu as dû te régaler... conclut-elle avec un large sourire tout en remarquant les taches de peinture qui maculaient son tee-shirt.

Elle vit que ses nouvelles baskets étaient également couvertes de peinture. Max se donnait à fond dans tout ce qu'il entreprenait.

— Vous avez fait du dessin et de la peinture aujourd'hui ? demanda-t-elle alors qu'il s'installait à la grande table ronde autour de laquelle la famille prenait la plupart des repas.

La belle salle à manger, ornée des meubles anciens dont Olympia avait hérité, n'était utilisée que lors des rares dîners qu'ils organisaient, ou à l'occasion de fêtes comme Noël, Hanoukka, Pessah et Thanksgiving. Par souci d'équité envers leurs enfants, ils célébraient les fêtes des deux religions, juive et chrétienne. Ils voulaient qu'ils apprécient et respectent les différentes traditions. Au début, la belle-mère d'Olympia s'était montrée réticente ; à présent, elle reconnaissait qu'elle y prenait beaucoup de plaisir « pour les enfants ».

La cuisine était à la fois le cœur de la famille et celui des activités d'Olympia. Elle avait un petit bureau dans un coin, avec un ordinateur et une montagne de papiers en équilibre instable. A l'étage, contiguë à leur chambre, il y avait une petite pièce qu'elle utilisait comme bureau le vendredi matin, ou quelquefois le soir, quand elle traitait un cas important et rapportait du travail chez elle. La plupart du temps, elle essayait de laisser ses dossiers au cabinet et de se consacrer à ses enfants quand elle était à la maison. Mais jongler entre les deux se révélait quelquefois acrobatique. Harry et les trois grands admiraient sa capacité à faire face. Max, lui, ne s'en rendait pas compte.

Elle faisait de son mieux pour séparer vie professionnelle et vie privée. Elle parlait rarement de son travail avec ses enfants, sauf s'ils lui posaient des questions. A la maison, elle préférait discuter de leurs activités à eux. Elle ne recourait à une baby-sitter pour Max que pendant qu'elle était au bureau, jamais autrement. Elle adorait être avec lui et savourait le temps qu'ils passaient ensemble.

— Comment tu sais que j'ai fait du dessin et de la peinture aujourd'hui ? demanda-t-il avec intérêt tout en mordant dans le sandwich à la dinde qu'elle venait de lui donner.

Elle le préparait à la perfection, avec ses chips préférées. Olympia était une mère quatre étoiles aux yeux de Max, mais aussi à ceux de son mari et de ses trois autres enfants. Bonne cuisinière, mère attentive, elle s'arrangeait toujours pour être à l'écoute de leurs petits malheurs et résoudre leurs problèmes. Elle était au courant de presque tout ce qu'ils faisaient. Elle ne divulguait jamais un secret et, d'après Virginia, était plutôt de bon conseil en ce qui concernait les questions sentimentales. Veronica évoquait rarement ses affaires de cœur, tout comme Charlie. Il ne parlait pas plus de ses copains et de sa vie à l'université que quand il était lycéen et vivait à la maison. Charlie avait toujours été et restait quelqu'un de discret et de très réservé. Harry disait qu'il était un *mensch*, un homme droit et bon, en yiddish. Quelquefois, il traitait aussi Olympia de *mensch*, même si elle était une femme. Dans sa bouche, c'était un grand compliment.

— Je suis devineresse, dit Olympia en réponse à la question de Max.

Elle contemplait en souriant son visage aux yeux sombres, les mêmes que ceux de son père, et ses cheveux d'un noir si intense qu'ils paraissaient presque bleus.

— Et peut-être que la peinture sur ton tee-shirt m'a donné un petit indice...

Elle ne fit pas allusion à ses chaussures, certaine qu'il n'avait rien remarqué. Max adorait le dessin et la peinture, et était, comme Charlie et Veronica, passionné par les livres, ce qui n'était pas le cas de Virginia. Elle préférait envoyer des e-mails à ses amis, discuter au téléphone ou regarder la télévision.

— Ça veut dire quoi, déjà, devineresse ?

La bouche pleine de chips, Max la regardait d'un air perplexe. Il possédait un vocabulaire bien plus étendu que les enfants de son âge, mais, malgré ses efforts, la signification de ce mot lui échappait.

— *De*vineresse. Ça veut dire que je connais tes pensées, expliqua-t-elle en contenant son envie de rire.

Il était si mignon !

— Ouais, acquiesça-t-il, la mine à la fois songeuse et admirative. Tu les connais toujours. Sans doute que c'est les mamans qui sont comme ça.

Il en était sûr : elle savait tout.

Pour Olympia, cinq ans était un âge merveilleux. Chaque fois qu'une des filles lui reprochait d'être un monstre, Max répondait qu'elle ne pouvait pas être méchante. C'était réconfortant, surtout depuis que les jumelles étaient entrées dans l'adolescence, avec tout ce que cela comportait de crises et de sautes d'humeur. Virginia, en particulier, s'opposait fréquemment à sa mère, notamment sur ce que celle-ci lui interdisait. Avec Veronica, les disputes concernaient des sujets plus généraux et touchaient davantage à la misère et aux injustices dans le monde.

Olympia trouvait beaucoup plus difficile – et c'était un euphémisme – de s'occuper d'adolescentes que d'un petit garçon encore en maternelle, ou de Charlie, qui avait toujours été calme, facile à vivre et extrêmement raisonnable. A la maison, il jouait le rôle d'intermédiaire et de pacificateur, et veillait à ce que tout le monde s'entende bien, notamment les deux branches de sa famille recomposée. Il s'efforçait particulièrement de mettre du liant entre son père et sa mère, dont les points de vue divergeaient fréquemment. Et quand l'une de ses sœurs avait un différend avec leur mère, c'était lui qui ramenait la paix.

Veronica était tenue pour la rebelle et la tête brûlée de la famille, avec des idées parfois extrémistes. Elle traitait sa sœur Virginia de minette, qui s'intéressait plus à son look et à sa vie amoureuse qu'aux problèmes sociaux et politiques. Le soir, de longues discussions l'opposaient à Harry, même s'ils finissaient toujours par tomber d'accord. Comme sa mère et son beau-père, Veronica voulait étudier le droit et elle songeait à s'engager en politique à la fin de ses études. Virginia était totalement différente de sa sœur. Elle passait des heures à feuilleter des magazines de mode ou à dévorer les potins de Hollywood et voulait devenir mannequin ou actrice.

Charlie n'avait pas encore choisi son futur métier, alors qu'il ne lui restait plus qu'une année pour se décider. Il envisageait de travailler dans la banque d'investissement paternelle à la sortie de l'université ou alors d'aller étudier un an en Europe.

Max était la mascotte de la famille. Il faisait rire tout le monde quand l'atmosphère était tendue et tous adoraient le prendre dans leurs bras. Il aimait beaucoup tenir compagnie à sa mère dans la cuisine, allongé sur le sol, à dessiner ou à assembler des briques Lego, pendant qu'elle répondait au téléphone. Il savait s'amuser et était toujours gai. Tout l'enchantait dans son petit monde, surtout les gens.

Olympia lui tendit un gobelet de jus de fruits frais et un cookie, puis se versa un verre de thé glacé tout en triant le courrier. C'était enfin le printemps et les températures avaient remonté au cours de la semaine précédente. La chaleur tardait toujours trop à venir, à son gré. Elle détestait les longs hivers de la côte Est. Quand mai arrivait, elle était heureuse de ranger manteaux, bottes, doudounes et moufles. Elle se réjouissait de leur voyage en Europe. Max, Harry et elle passeraient deux semaines dans le sud de la France avant de rejoindre les filles à Venise. Jusqu'au jour de leur départ, Max irait au centre de loisirs, où il pourrait s'adonner à fond à ses activités préférées.

Du jus de raisin lui dégoulinant sur le menton et le tee-shirt, Max attaquait son cookie quand sa mère prit la dernière lettre du courrier. La grande enveloppe écrue ressemblait à un faire-part de mariage, mais elle ne voyait pas qui pouvait se marier dans leur entourage. Alors que Max commençait à fredonner une chanson apprise à l'école, elle déchira l'enveloppe. Il ne s'agissait pas d'un faire-part, mais d'une invitation à un bal qui aurait lieu en décembre. Un bal très spécial...

A dix-huit ans, Olympia avait fait son entrée dans le monde à ce bal, qui réunissait les débutantes de la plus haute société. On l'appelait le bal des Arches, en souvenir de l'élégante propriété des Astor où il se donnait à l'origine. La propriété n'existait plus depuis longtemps, mais le nom était resté. Quelques-unes des grandes familles aristocratiques de New York avaient institué cette cérémonie à la fin du XIXᵉ siècle afin de présenter officiellement les jeunes filles dans le monde, pour qu'elles trouvent un mari. Depuis cent vingt-cinq ans que ce bal existait, son objectif avait bien sûr évolué. Aujourd'hui, les jeunes filles avaient le droit de sortir bien avant leurs dix-huit ans. A présent, le bal n'était plus qu'un événement mondain, un rite de passage qui permettait de passer un moment agréable dans ce qu'on appelle la bonne société et de revêtir une belle robe blanche pour une soirée qui sortait de l'ordinaire. C'était un peu comme un mariage. Un code bien précis réglait cette manifestation : la révérence que les jeunes filles exécutaient lorsqu'elles entraient dans la salle de bal sous une arche fleurie ; la première danse officielle avec leur père – toujours une valse lente et solennelle, exactement comme du temps d'Olympia. Etre débutante au bal des Arches était un moment excitant dans la vie d'une jeune fille et un souvenir qu'elle chérirait jusqu'à la fin de ses jours, si tout se déroulait bien, si elle ne se disputait pas avec son cavalier et si sa robe ne subissait pas un dommage irréparable. C'était une très belle soirée, qui, bien qu'un peu désuète et élitiste, ne faisait de tort à personne. Olympia se souvenait encore avec joie du jour où elle y avait participé et elle n'avait jamais douté que ses filles y feraient, elles aussi, leur entrée dans le monde.

Elle était parfaitement consciente de la futilité de cet événement, mais savait aussi à quel point c'était un moment inoubliable dans la vie d'une jeune fille, qui marquait une étape dans son existence. De plus, Chauncey aurait été scandalisé que ses filles ne soient pas invitées. A la différence d'Olympia, il considérait cette soirée comme extrêmement importante, pour tout un tas de mauvaises raisons.

Le bal n'avait plus pour but de permettre à une débutante de trouver un mari, même s'il arrivait parfois que cela se produise et aboutisse à un mariage quelques années plus tard. Dans la plupart des cas, un frère, un cousin ou un ami du lycée servait de cavalier. Il aurait été risqué de demander, sept mois à l'avance, à un petit ami de vous accompagner. A l'âge où l'on quitte le lycée pour l'université, les histoires d'amour, si passionnées soient-elles, durent rarement longtemps.

Olympia était heureuse que ses filles aient été invitées aux Arches. Ces dernières années, elle s'était tellement mise en retrait de la vie mondaine qu'elle s'était demandé si elles ne seraient pas rayées de la liste. Mais elles étaient toutes les deux scolarisées à Spence, un établissement où les futures débutantes étaient nombreuses. La plupart faisaient leur entrée officielle dans le monde au cours de leur premier hiver à l'université. Il existait, bien sûr, d'autres événements organisés à l'intention des jeunes filles. Mais les Arches avait toujours été considéré comme *le* bal des débutantes de la haute société new-yorkaise.

Vingt-sept ans auparavant, Olympia avait été l'une d'elles, comme, avant elle, sa mère et ses grand-mères, ainsi que ses arrière-grand-mères à leur époque. C'était une tradition qu'elle se réjouissait de partager avec ses filles, même si le monde, la société et sa propre vie avaient beaucoup changé entre-temps. Maintenant, les femmes travaillaient, les mariages étaient de plus en plus tardifs, et il était même parfaitement admis de ne pas se marier du tout. Le choix d'un conjoint ne reposait plus sur le prestige de sa famille ou son rang dans la société. Olympia n'avait qu'un seul souhait : que ses filles épousent des hommes qui les aimeraient, solides, droits et intelligents. Un homme comme Harry, et non comme leur père.

Désormais, faire son entrée dans le monde était simplement un prétexte pour se faire belle, porter de longs gants blancs et une magnifique robe du soir immaculée, souvent pour la première fois. Aider Veronica et Virginia à choisir leur tenue allait être amusant, d'autant qu'elles avaient des goûts très différents. Sans doute Veronica commencerait-elle par montrer de la mauvaise volonté, alors que Virginia ne se tiendrait plus d'impatience. Des jumelles présentées aux Arches, c'était deux fois plus de plaisir pour Olympia...

Elle contemplait l'invitation les yeux rêveurs, un sourire nostalgique sur les lèvres. Elle avait un peu l'impression de redevenir jeune fille, tandis que les souvenirs de sa propre soirée affluaient à sa mémoire. Max l'observait d'un air intéressé. Il voyait qu'elle pensait à quelque chose qui la rendait heureuse.

— C'est quoi, maman ? demanda-t-il.

Du revers de la main, il essuya son menton plein de jus de raisin et la frotta sur son jean au lieu d'utiliser sa serviette.

— C'est une invitation pour tes sœurs, répondit-elle en replaçant le carton dans l'enveloppe.

Il fallait qu'elle pense à demander au comité d'organisation un duplicata de l'invitation, afin de commencer un album pour chacune des filles, identique au sien, rangé dans la bibliothèque, à l'étage. Un jour, elles seraient ravies de l'avoir en leur possession et de le feuilleter avec leurs propres filles. Lorsqu'elles étaient petites, les jumelles regardaient souvent le sien. Lorsqu'elle avait à peu près l'âge de Max, Virginia ne cessait de répéter que leur maman ressemblait à une princesse de conte de fées.

— Une invitation pour un anniversaire ?

Intrigué, Max ouvrait de grands yeux.

— Non, au bal des débutantes, lui expliqua-t-elle. C'est une grande soirée, au cours de laquelle on porte une belle robe blanche.

Elle en parlait comme d'un moment magique, semblable à la nuit de bal de Cendrillon. Ce que c'était, de fait.

— Et qu'est-ce qu'on débute ? demanda Max, l'air perplexe.

Sa mère sourit.

— Bonne question. En réalité, on ne « débute » rien de spécial. Dans le temps, cela permettait aux jeunes filles de trouver un mari.

— Est-ce que Virginia et Veronica vont se marier ?

Max ne cachait pas son inquiétude. Il savait que ses sœurs partaient à l'université, mais leur mariage lui apparaissait comme un événement beaucoup plus considérable.

— Non, mon petit chat. Elles vont simplement se faire très élégantes pour aller au bal. Harry et moi les accompagnerons. Ton papa dansera avec elles, et leur père aussi. Grand-mère Frieda viendra, elle aussi, puis nous rentrerons tous à la maison.

— Ça n'a pas l'air marrant, fit-il remarquer.

À son avis, les fêtes d'anniversaire étaient bien plus drôles.

— Je suis obligé d'y aller ?

— Non. C'est pour les adultes.

Pour être invité, il fallait avoir l'âge requis. Les jeunes frères et sœurs n'étaient pas autorisés à y assister. L'une des jumelles demanderait certainement à Charlie d'être son cavalier. Qui accompagnerait l'autre ? Olympia n'en avait aucune idée. Sans doute l'un de leurs amis, mais c'était aux filles de décider. Elle pensait que Veronica irait avec Charlie et que Virginia demanderait à un ami. Les familles avaient quatre semaines pour répondre. Il n'était cependant pas nécessaire d'attendre, et elle enverrait le chèque dès la semaine suivante. La participation demandée, très modique, était reversée à une organisation caritative. Payer pour assister au bal était impossible. Il fallait être invité. Il ne s'agissait pas d'une question d'argent. Cela relevait de la tradition ou des relations avec la haute société. C'était le cas de ses filles, même si Olympia ne mettait jamais en avant ses origines. Pour elle, être né du bon côté de la barrière était une chance, mais elle n'y était pour rien. Elle était bien plus fière de la famille qu'elle avait fondée et de sa réussite professionnelle que de ses origines aristocratiques.

Max monta dans sa chambre pour jouer. Puis Harry téléphona pour dire qu'il rentrerait tard, car il avait une réunion avec deux autres juges après la séance du tribunal. Olympia n'eut pas l'occasion de lui parler de l'invitation. Ce n'était pas grave car, même si c'était amusant, ça n'avait guère d'importance. Elle lui en ferait part ce soir, en même temps qu'aux filles. Ensuite, elle dut se dépêcher de conduire Max au foot. Sur le chemin du retour, ils s'arrêtèrent pour faire des courses, et les filles se trouvaient déjà à la maison lorsqu'ils rentrèrent. Elles étaient pressées de ressortir, chacune avec ses propres amis. Harry arriva au moment où elles partaient. Olympia préparait le dîner. C'est alors que Max déclara qu'il ne se sentait pas bien et se mit à vomir.

Elle s'occupa de lui et il fut encore malade deux fois avant qu'elle ne le mette au lit vers 21 h 30 et qu'il ne s'endorme. Quant à Harry, il était épuisé. Olympia plaça leur repas au réfrigérateur et le rejoignit dans le petit bureau du bas. Elle s'était changée, s'était lavé les cheveux et n'en pouvait plus, elle non plus. Elle se blottit contre lui sur le canapé, et il leva les yeux de la montagne de papiers qu'il avait rapportés pour le week-end en lui souriant tendrement. Il était heureux de la voir à ses côtés, et de passer un moment tranquille avec elle, après cette soirée mouvementée.

— Quelle détente pour toi ! dit-elle avec une petite grimace. Je suis désolée pour le dîner.

— Ce n'est pas grave, je n'ai pas faim. Veux-tu quelque chose ? proposa-t-il.

Il aimait cuisiner et se montrait plus créatif qu'elle. Ses spécialités allaient des omelettes aux plats thaïs, et il était toujours disposé à s'occuper des repas quand elle était retenue au bureau, ce qui se produisait rarement, ou lorsqu'il y avait un problème avec les enfants, comme ce soir avec Max.

N'ayant pas faim non plus, elle secoua la tête.

— Max va mieux ? s'enquit-il.

— Je crois. Il s'est beaucoup démené au foot et a reçu quelques coups dans le ventre.

Ou peut-être a-t-il attrapé un virus. J'espère que les autres ne vont pas être malades.

Avec quatre enfants, ou même trois comme maintenant, ils avaient l'habitude : si l'un était malade, tous l'étaient rapidement, et eux-mêmes n'étaient pas épargnés. Au début, Harry avait eu du mal à s'y habituer.

Max était encore malade le lendemain matin et avait une légère fièvre, ce qui faisait penser à une origine virale plutôt qu'à une conséquence de ses efforts au foot. Olympia sortit lui louer des DVD, pendant que Harry lui tenait compagnie. Le petit garçon dormit presque tout l'après-midi. Les filles passèrent une bonne partie du week-end à l'extérieur et Virginia passa la nuit chez une amie. Il ne leur restait que quelques semaines à vivre à la maison, et elles en profitaient pour s'amuser au maximum.

Ce n'est que le dimanche soir que tous se retrouvèrent autour de la table de la cuisine. Harry et Veronica jouaient aux cartes avec Max, qui allait mieux, Virginia lisait un magazine et Olympia préparait le dîner. Elle aimait ces moments où ils lui tenaient compagnie, pendant qu'elle cuisinait. C'était la raison pour laquelle ils avaient voulu une grande cuisine. Soudain, elle se souvint de l'invitation arrivée le vendredi. Après avoir sorti le poulet du four, elle jeta un coup d'œil vers la table.

— Les filles, vous êtes invitées au bal des Arches ! lança-t-elle tout en retirant les pommes de terre de la cocotte et en les versant dans un plat.

Veronica leva les yeux. Elle connaissait le bal des Arches et avait déjà entendu plusieurs filles, au lycée, y faire allusion cette semaine-là. Toutes les invitations avaient été envoyées et celles qui avaient reçu la leur n'avaient pas manqué de le faire savoir.

— Quelle stupidité ! déclara-t-elle, l'air dégoûté, sans cesser de distribuer les cartes à Max et à Harry.

Ils jouaient aux 7 familles, et Max, pour son plus grand bonheur, n'arrêtait pas de gagner. Il adorait battre ses parents et ses aînés.

— Qu'est-ce que tu viens de dire, maman ? demanda Virginia, relevant la tête, intéressée.

Toutes les deux blondes aux yeux bleus, les jumelles étaient très belles. La longue chevelure lisse de Virginia retombait sur ses épaules et elle portait un soupçon de maquillage ; Veronica se faisait une natte, ce qui dégageait son visage et le mettait en valeur. Elle n'éprouvait pas le besoin de se maquiller. Si leur ressemblance était frappante, leurs styles étaient totalement différents, ce qui permettait toujours de les identifier, au grand soulagement de Harry. Il aurait été très embarrassé si elles s'étaient habillées et coiffées de la même manière. Car, sans vêtements, maquillage ou coiffure pour les différencier, seule leur mère était capable de les reconnaître. Il arrivait même à Max de se tromper, et elles le taquinaient à ce sujet.

— J'ai dit que vous étiez invitées toutes les deux au bal des Arches, en décembre. Le carton est arrivé cette semaine, répéta Olympia, heureuse pour elles.

Elle déposa un morceau de beurre sur les pommes de terre et découpa le poulet. La salade était déjà assaisonnée.

— Tu ne t'attends pas à ce qu'on y aille, quand même ? demanda Veronica.

Quand Olympia hocha la tête, elle prit un air désapprobateur, tandis qu'un sourire éclatant illuminait le visage de sa sœur.

— C'est trop cool, maman ! J'avais peur qu'on ne soit pas invitées. La plupart des filles du lycée ont reçu leur carton au début de la semaine.

Des années auparavant, leur père avait fait remarquer avec aigreur qu'elles risquaient d'être rayées de la liste du fait de la conversion de leur mère au judaïsme.

— Votre invitation est arrivée vendredi. Comme Max est tombé malade, j'ai oublié de vous en parler.

— Quand irons-nous faire les magasins ? s'enquit Virginia, ainsi qu'Olympia s'y attendait.

Alors qu'elle se tournait vers ses filles en souriant, Veronica se leva d'un bond et foudroya sa sœur du regard.

— Faire les magasins ? Ça ne va pas ? Tu es en train de me dire que tu vas participer à cette farce élitiste et sectaire ? Franchement, Virginia, sors un peu le nez de tes magazines de cinéma ! Il ne s'agit pas d'être élue reine d'un jour ou de recevoir un prix, mais de cautionner une entreprise de discrimination en se pliant à une tradition ridicule, archaïque, sexiste et complètement nulle !

Furieuse, elle se dressait face à sa mère et à sa sœur, abasourdies. Olympia s'était attendue à ce qu'elle proteste pour la forme, mais pas à ce qu'elle se transforme en furie.

— Ne sois pas excessive. Personne ne te demande d'adhérer à une organisation fasciste, Veronica. Ce n'est qu'un bal des débutantes.

— Où est la différence ? Y a-t-il des Noirs ou des Hispaniques, aux Arches ? Des Juifs ? Des Asiatiques ? Comment peux-tu être hypocrite à ce point, maman ? Tu es mariée à Harry et tu es juive. Si tu acceptes ça, c'est comme si tu le giflais.

Débordante de colère et d'indignation, Veronica était hors d'elle, alors que sa sœur paraissait sur le point de pleurer.

— Personne ne donne de gifle à Harry, rétorqua Olympia. Il s'agit d'un bal parfaitement innocent, au cours duquel vous porterez de jolies robes blanches, ferez la révérence et vous amuserez. Je ne sais absolument pas quelles filles feront leur entrée dans le monde en même temps que vous. Il y a des années que je n'ai pas assisté à un bal des débutantes.

— N'importe quoi ! Maman, tu sais très bien qu'il s'agit d'un événement mondain et snob, qui ne fonctionne que sur le principe de l'exclusion. Personne doué de conscience ne devrait y participer, et je n'irai pas. Je me moque de ce que tu peux dire ou de ce que Virginia fera, mais je n'irai pas, répéta-t-elle avec force.

Virginia fondit en larmes. Bien qu'énervée par la réaction excessive de Veronica, Olympia s'adressa à elle d'une voix posée et ferme.

— Calme-toi, s'il te plaît.

— Je peux savoir de quoi vous parlez ? intervint Harry, qui les observait d'un air perplexe. D'après ce que j'ai cru comprendre, les filles sont invitées à une réunion sponsorisée par le Ku Klux Klan, et Veronica ne veut pas y aller.

— Exactement, répondit l'intéressée, qui arpentait la cuisine à grands pas furieux.

Virginia tourna vers sa mère un visage où la déception le disputait à la panique.

— On ne pourra pas y aller, c'est ça ? lui demanda-t-elle. Maman, ne la laisse pas tout gâcher... *Tout le monde* y va. Il y a deux filles qui ont déjà acheté leur robe, ce week-end ! ajouta-t-elle, craignant manifestement de s'y prendre trop tard.

Olympia disposa les plats sur la table et tendit un mouchoir en papier à Virginia.

— Ne montez pas sur vos grands chevaux, toutes les deux, dit-elle, s'efforçant d'afficher un calme qu'elle ne ressentait pas.

Elle n'avait pas prévu que les filles réagiraient de manière aussi extrême.

— Nous allons en discuter... Veronica, pour autant que je sache, il ne s'agit pas d'une réunion du Ku Klux Klan. C'est un bal des débutantes. J'y ai assisté, tes grand-mères et tes arrière-grand-mères également.

Et ce sera amusant pour toi de t'y rendre avec ta sœur.

— Plutôt mourir ! hurla Veronica.

A son tour, Virginia se leva.

— Maman, je veux y aller ! implora-t-elle en pleurant de plus belle.

— Ça ne m'étonne pas de toi ! lui jeta Veronica, dont les yeux s'emplirent de larmes. Jamais je n'ai entendu une chose aussi idiote. C'est insultant. Ça nous fait passer pour des imbéciles racistes et snobinardes ! Je préférerais mourir plutôt que m'exhiber dans une stupide robe blanche devant un ramassis de snobs aux idées politiques complètement nulles ! Maman, continua-t-elle en se tournant vers Olympia, une lueur inflexible dans le regard, je n'irai pas ! Peu importe ce que tu me feras. *Je n'irai pas.*

Puis elle revint à sa sœur, l'air à la fois dégoûté et scandalisé.

— Et si tu veux y aller, franchement, c'est que tu es nulle !

Sur ce, elle sortit en trombe et, quelques secondes plus tard, ils entendirent claquer la porte de sa chambre. Debout au milieu de la cuisine, Virginia sanglotait.

— J'en ai assez ! Tu ne peux pas la laisser faire, maman ! Elle gâche toujours tout !

— Elle n'a rien gâché. Vous vous montez la tête exagérément, toutes les deux. Laissons la pression retomber et nous en reparlerons dans un ou deux jours. Elle se calmera. Laisse-la tranquille, c'est tout.

— Elle ne se calmera pas, se lamenta Virginia. Je la déteste !

Elle se précipita hors de la pièce, en larmes. Un instant plus tard, elle claqua à son tour la porte de sa chambre. Par-dessus la table, Harry adressa à sa femme un regard empli de stupeur et de consternation.

— Puis-je savoir ce qui se passe ? C'est quoi, ces Arches, et quelle mouche a piqué les filles ?

Apparemment, elles étaient devenues folles. Tout en avalant ses pommes de terre, Max secoua calmement la tête.

— Maman veut qu'elles trouvent des maris, expliqua-t-il, et je crois qu'elles veulent pas. Peut-être que Virginia veut bien, parce qu'elle aime plus les garçons que Veronica. Moi, j'ai l'impression que Veronica, elle veut pas se marier. Hein, maman ?

— Non... Oui... Non, bien sûr que non.

Troublée, Olympia s'assit et les regarda tour à tour.

— Dans le temps, c'était pour trouver un mari, mais ce n'est plus comme ça

45

maintenant, expliqua-t-elle de nouveau à Max avant de se tourner vers Harry.

Elle repoussa une mèche qui lui tombait sur les yeux. Brusquement, il faisait beaucoup trop chaud dans la cuisine. La soirée avait été plus mouvementée qu'elle ne s'y attendait, et la réaction des jumelles la contrariait. S'adressant à Harry, elle s'efforça de paraître plus sereine qu'elle ne l'était.

— Les filles ont été invitées au bal des Arches. Le courrier est arrivé vendredi. Je pensais que cela les amuserait. J'y suis moi-même allée à leur âge et sincèrement, Harry, il n'y a pas de quoi en faire une montagne.

— Je suis désolé, mais là, je suis perdu. Les seules « arches » que je connaisse dans le coin sont celles du McDonald's. Pourquoi se disputer pour un bal ? J'ai comme l'impression qu'il me manque une information capitale.

— Les Arches sont le bal des débutantes le plus ancien et le plus sélect de New York. Dans les milieux mondains huppés, c'est un événement. Ça l'était encore plus quand j'avais leur âge. C'est aux Arches que ma mère a fait son entrée dans le monde, ainsi que mes grand-mères et arrière-grand-mères. De nos jours, ce n'est plus qu'une soirée agréable qui perpétue une tradition un peu archaïque et qui ne fait de tort à personne. Les filles portent de jolies robes et valsent avec leur père. Veronica essaie de transformer ça en un événement politique, mais il ne s'agit que d'une soirée, et Virginia veut y aller !

— Est-ce que n'importe qui peut s'inscrire ? s'enquit Harry, la mine circonspecte.

— Non, il faut être invitée. Les filles l'ont été à cause de leurs origines.

— Les gens de races et de religions différentes en sont-ils exclus ? lui demanda alors Harry, avec un regard qui en disait long.

Cette fois, Olympia hésita légèrement avant de répondre. Max les regardait avec intérêt.

— Probablement. C'était le cas auparavant. Je ne sais pas quels sont leurs critères, à présent.

— A en juger par sa réaction, Veronica en sait plus que toi. Si ce qu'elle dit est vrai, et que les filles noires, asiatiques ou hispaniques ne peuvent pas y assister, alors je suis d'accord avec elle. Et je suppose qu'il en va de même pour les Juives.

— Oh, pour l'amour du ciel, Harry ! Oui, il s'agit d'un événement mondain pour privilégiés. Les gens s'y rendent depuis des lustres. C'est aussi anachronique, traditionnel et snob que le Bottin mondain ou les clubs. Il y a bien des clubs qui n'admettent pas les femmes, non ?

— Je n'appartiens à aucun d'eux, se contenta-t-il de répondre. En tant que juge à la cour d'appel, je ne peux pas me permettre de cautionner une association qui pratique la discrimination. Or, c'est le cas de celle-ci, apparemment. Tu sais quelle est ma position sur ce sujet. Penses-tu que notre fille, si nous en avions une, serait invitée, sachant que tu t'es convertie au judaïsme ?

Elle l'ignorait, mais Veronica et Virginia, elles, n'étaient pas juives. Elles descendaient de deux grandes familles aristocratiques connues. De plus, Harry et elle n'ayant pas de fille, la question ne se posait pas. En revanche, Olympia savait que Chauncey tenait à ce que ses filles aillent à cette soirée. Pour elle, il ne s'agissait que d'une tradition inoffensive et Harry dramatisait les choses, tout comme les filles.

— Le côté élitiste ne m'échappe pas. Mais il ne s'agit pas de blesser qui que ce soit, simplement d'offrir une nuit de fête à une certaine catégorie de jeunes filles. C'est comme si elles jouaient les Cendrillon : elles portent une belle robe blanche et à minuit tout est fini. Est-ce si terrible ? Où est le mal ? Pourquoi en faire toute une histoire ?

— Parce que des gens en sont exclus. L'Allemagne nazie a été fondée sur des principes de ce genre. C'est une soirée purement aryenne, et les débutantes – puisque c'est comme ça que tu les appelles – sont sans doute toutes blanches et chrétiennes. Il y a peut-être une ou deux Juives pour la forme, mais ça n'empêche pas que l'idée, dans son ensemble, est injuste et détestable. Les Juifs sont victimes de discrimination depuis des milliers d'années, et il est hors de question que je cautionne une telle manifestation. Pour que je sois d'accord, il faudrait que toutes celles qui en ont envie puissent s'inscrire.

— Dans ce cas, les clubs n'existeraient pas et les écoles privées non plus. Si tu veux, appelle ça un club où les filles de l'aristocratie font leur entrée dans le monde. Je ne vois vraiment pas de raison d'en faire un problème politique. Pourquoi ne pas considérer ce bal comme un soir de fête pour les filles et s'en tenir à ça ?

— Ma mère est une rescapée de la Shoah, dit-il d'un ton qui ne présageait rien de bon. Tu le sais. Il en était de même pour mon père. Leurs deux familles ont été anéanties par des gens qui détestaient les Juifs. D'après ce que je crois comprendre, ceux qui organisent cette cérémonie sont racistes, ce qui va à l'encontre de tout ce que je suis et en quoi je crois. Je ne veux pas être mêlé, de près ou de loin, à un tel événement.

A l'entendre, on aurait dit qu'elle venait de peindre une croix gammée sur le mur de leur cuisine. C'est tout juste s'il ne s'écartait pas d'elle en lui parlant, tandis que leur fils les observait, l'air soudain inquiet.

— Harry, s'il te plaît, n'en fais pas une affaire d'Etat. C'est un bal, rien de plus.

— Veronica a raison, déclara-t-il froidement avant de se lever.

Il n'avait pas touché à son dîner. Olympia n'ayant pas découpé le morceau de poulet de Max, celui-ci continuait à dévorer des pommes de terre. Il avait faim. Et les grandes personnes lui paraissaient parfois bien compliquées.

— Même si toi, tu y es allée, je pense que les filles ne devraient pas y prendre part,

50

dit Harry avec fermeté. Je suis d'accord avec Veronica. Et, quoi que tu décides à ce sujet, ne compte pas sur moi pour y assister.

Sur ce, il jeta sa serviette sur la table et sortit. Max le suivit des yeux, puis regarda sa mère, la mine anxieuse.

— On dirait que c'est pas une bonne idée, cette fête. Tout le monde est très en colère.

Olympia se rassit en se tournant vers lui.

— Oui, tu as raison, acquiesça-t-elle avec un soupir. Pourtant, ce n'est qu'une soirée, Max, rien de plus.

— Est-ce qu'ils vont faire des choses méchantes aux Juifs, là-bas ? demanda-t-il avec inquiétude.

Sa grand-mère lui avait appris que des gens appelés nazis avaient fait des choses terribles aux Juifs, même s'il ignorait les détails. Il savait aussi que lui et ses parents étaient juifs, tout comme sa grand-mère et bon nombre de ses camarades à l'école.

— Bien sûr que non, répondit Olympia, horrifiée. Personne ne fera de mal à per-sonne, pas plus aux Juifs qu'aux autres. Ton papa est juste fâché.

— Tant mieux, dit Max, l'air un peu ras-séréné. Alors, elles ne vont pas aller au bal ? Je crois que Virginia a envie d'une nouvelle robe.

— C'est vrai. Je ne sais pas ce qu'elles feront, mais je pense qu'elles devraient y aller.

— Même si on peut pas leur trouver un mari ? demanda Max.

— Même si on ne peut pas leur trouver de mari, confirma Olympia avec un sourire contraint. Nous ne voulons pas de maris pour elles, mon chéri. Tout ce que nous voulons, ce sont des robes blanches et des garçons pour les faire danser.

— Je crois que papa n'ira pas, déclara Max en secouant la tête, tandis que sa mère découpait son blanc de poulet.

Il ne restait qu'eux à table, et Olympia n'avait aucune envie de manger. Elle savait que le père des filles serait furieux si elles ne participaient pas au bal. L'ancienne vie d'Olympia et sa nouvelle existence, telles qu'elles s'incarnaient dans ses deux maris, n'avaient absolument rien de commun. Elle était le pont qui les reliait.

— J'espère que ton papa ira, dit-elle à son fils. C'est très amusant.

— Moi, je ne trouve pas ça amusant, répliqua Max avec solennité. Je ne crois pas que Virginia et Veronica devraient aller voir le monde. Elles feraient mieux de rester à la maison, conclut-il, ses grands yeux levés vers sa mère.

Etant donné les réactions de chacun ce soir, Olympia n'était pas loin de le penser, elle aussi.

2

Le lendemain, Olympia appela son ex-mari depuis son bureau, pour lui expliquer la situation. Elle se contenta de lui dire que Virginia voulait aller au bal, que Veronica refusait, et laissa entendre, sans cacher sa déception, que cette dernière ne céderait sans doute pas. Le sujet avait provoqué une autre explosion à l'heure du petit-déjeuner, avant leur départ en cours. Veronica avait menacé d'aller s'installer chez sa grand-mère – celle de Max, en vérité – si sa mère n'acceptait pas de la dispenser. Harry avait jeté de l'huile sur le feu en déclarant qu'à son avis les deux filles devraient s'abstenir. Virginia était partie en larmes au lycée, après avoir hurlé qu'elle le détestait. En l'espace d'une nuit, la famille était au bord de l'explosion. Virginia avait appelé Charlie le soir précédent et, même s'il comprenait les objections de

Veronica, il défendait le point de vue de Virginia et d'Olympia et considérait que les deux filles devaient aller au bal. Toutes leurs cousines de Newport s'étaient pliées à cette tradition et il savait, comme Olympia, que leur père serait contrarié si elles n'y participaient pas. Harry, lui, serait furieux si elles s'y rendaient. Dans un cas comme dans l'autre, l'un d'eux serait fâché. Olympia et Harry ne s'étaient pas reparlé lorsqu'ils partirent travailler, ce qui était exceptionnel. Ils se disputaient très rarement. Mais, cette fois, c'était sérieux.

A son habitude, Chauncey ne manqua pas d'envenimer les choses au lieu de les arranger.

— Dans quelle famille d'agitateurs gauchistes élèves-tu tes enfants, Olympia, pour que Veronica pense que se rendre au bal des Arches revient à persécuter le peuple ? A croire que vous n'êtes qu'une bande de communistes.

C'était exactement le genre de réflexions auxquelles elle s'attendait.

— Pour l'amour du ciel, Chauncey, ce ne sont que des gamines ! Elles s'emportent facilement. Veronica a toujours eu des idées altruistes. Elle prend la défense des opprimés et se considère comme un croisement de Mère Teresa et de Che Guevara. Ça lui passera. C'est une manière de s'affirmer. Je pense que dans sept mois elle se sera calmée et se rendra à ce bal. Mieux vaut ne pas trop insister maintenant, ça ne ferait que la braquer davantage. Montrons-nous raisonnables, s'il te plaît.

Il fallait bien que quelqu'un le soit. Apparemment, Chauncey n'était pas de cet avis, ce qui ne la surprit pas.

— Eh bien, laisse-moi te dire ce que j'en pense, rétorqua-t-il du ton arrogant et hautain qui était le sien. Il est hors de question que ma fille épouse des idées révolutionnaires. Si c'est le cas, elles doivent être étouffées dans l'œuf. Tu aurais dû prendre des mesures il y a longtemps. Je ne tolérerai ces bêtises communistes d'aucun de vous, si tu vois ce que je veux dire. Si elle juge trop à droite de participer au bal des Arches, je ne paierai pas ses frais de scolarité à Brown l'année prochaine. Elle n'a qu'à s'engager au Nicaragua, au Salvador ou là où elle veut, et elle verra si elle aime la vie de gauchiste. En plus, si elle n'y prend pas garde, elle finira en prison.

— Elle n'ira pas en prison, Chauncey ! répliqua Olympia avec exaspération.

Il était le contraire de Veronica, et c'était peut-être en réaction contre lui que celle-ci se montrait si extrémiste. Il n'existait personne de plus snob que Chauncey et sa femme. Dans leur monde, tous possédaient des chevaux et figuraient dans le Bottin mondain. Il n'en allait pas de même pour Olympia. Quitte à choisir une idéologie, elle préférait celle de Harry. Mais il se montrait stupide, lui aussi.

— Veronica a une conscience sociale très développée. Nous devons la laisser se calmer et peut-être finira-t-elle par comprendre que ce bal ne nuit à personne. Ce n'est qu'une soirée de fête, quelque chose d'amusant à partager. Ne te dispute pas avec elle. Si tu menaces de ne pas payer ses frais de scolarité, elle risque de se braquer et de décider qu'elle n'ira pas à l'université.

— Voilà ce qu'on gagne à épouser un Juif radical.

Ces mots claquèrent comme des coups de feu et figèrent Olympia. Comment avait-il l'audace de parler ainsi ? Elle aurait voulu l'étrangler.

— Peux-tu répéter ? demanda-t-elle, glaciale.

— Tu as très bien entendu, riposta-t-il, de ce ton aristocratique qui s'appliquait à détacher exagérément chaque mot.

Sa manière de parler était quelquefois si affectée qu'on avait l'impression de se trouver dans un film des années 1930. Plus personne ne s'exprimait ainsi, à part Chauncey, Felicia et une poignée de snobs comme eux.

— Ne t'avise jamais de me redire une chose pareille. Tu ne lui arrives pas à la cheville. Rien d'étonnant à ce que Veronica ait piqué une crise, avec un exemple comme toi. Bon sang, t'es-tu déjà rendu compte que le monde existait et qu'il ne se limitait pas à quelques idiots comme toi avec leurs chevaux pur-sang ?

Durant ces vingt dernières années, il n'avait jamais vraiment travaillé. Il s'était d'abord fait entretenir par sa grand-mère, puis avait vécu de son héritage et, sans doute, des rentes de Felicia. Ils formaient un couple futile et vain, qui n'avait rien fait et ne ferait jamais rien pour les autres. Peut-être Veronica tentait-elle de réparer leur indifférence envers l'humanité.

— Tu as perdu la tête quand tu t'es convertie, Olympia. Je n'ai jamais compris comment tu as pu agir ainsi. Tu es une Crawford, que diable !

— Non, je suis une Rubinstein, rétorqua-t-elle. J'aime mon mari. Que je me convertisse comptait beaucoup pour lui. De plus, cela ne te regarde pas. Ma religion, c'est mon affaire, pas la tienne.

Elle était furieuse contre lui. Il incarnait précisément le genre de raciste que dénonçait Harry en refusant de se rendre au bal.

— Tu as trahi les tiens, simplement pour plaire à un homme qui se trouve plus à gauche que Lénine, insista Chauncey.

— Tu ne sais pas de quoi tu parles. Et puis ne changeons pas de sujet. L'objet de mon appel est de discuter de la soirée à laquelle nous voulons que nos filles assistent, et non de tes opinions politiques ou des miennes. Laisse-moi m'occuper de Lénine. Le problème, c'est Veronica, pas Harry.

— Pour moi, c'est la même chose.

C'était vrai, mais Olympia n'était pas disposée à lui donner raison. D'abord, elle devait calmer Veronica, puis elle essaierait de convaincre Harry. C'était un homme raisonnable, et elle savait qu'il finirait par se rendre à ses arguments. Il n'en était pas de même de Chauncey, qui faisait toujours tout pour se montrer infect, exaspérant et provocateur. Olympia ne parvenait pas à s'expliquer comment elle avait pu l'épouser, même à vingt-deux ans. Aujourd'hui, elle aurait préféré qu'on lui coupe la tête plutôt que de se marier avec lui. Le simple fait de lui parler la rendait folle.

— Je ne veux pas que tu te serves de l'argument financier pour menacer Veronica. Si tu fais ça, elle se conduira de manière encore plus stupide. Tenons-nous-en à la soirée et laissons de côté l'université et les frais de scolarité. Tu n'as pas à agir ainsi envers les filles. Si c'était le cas, je n'hésiterais pas à te poursuivre en justice.

Il était dans l'obligation de financer leurs études. Mais elle le savait capable de refuser de payer pour le simple plaisir d'avoir raison, et ce, malgré les conséquences que cela aurait pour lui.

— Vas-y, Olympia, traîne-moi devant les tribunaux ! Je m'en moque comme d'une guigne. Et si tu ne fais pas passer le message à Veronica, je m'en chargerai. D'ailleurs, pour être certain qu'elle n'agira pas stupidement, dis-lui que je ne financerai leurs études ni à l'une ni à l'autre si elles ne sont pas présentes au bal à Noël prochain. Veronica ne voudra pas briser l'avenir de sa sœur et c'est ce qui arrivera si elle n'obéit pas. Peu m'importe que tu m'envoies en prison. Je ne paierai pas un centime pour elles si elles ne font pas leur entrée officielle dans le monde. Tu lui mettras des menottes, tu la drogueras s'il le faut, mais, crois-moi, Veronica ira au bal des Arches !

Chauncey était au moins aussi entêté que sa fille. Par son attitude, il les entraînait tous dans une guerre sans merci. La situation était devenue incontrôlable, simplement à cause d'une soirée mondaine.

— C'est du chantage, Chauncey. De plus, c'est injuste pour Virginia. La pauvre est déjà dans tous ses états de voir Veronica réagir ainsi. Virginia veut y aller et ce n'est pas sa faute si sa sœur se montre déraisonnable. Inutile de l'être, toi aussi.

— Je prends Virginia en otage, afin de ramener Veronica à de meilleurs sentiments.

Olympia aussi se sentait prise en otage. Elle n'avait pas envie d'intenter une action en justice contre lui. Elle savait que les enfants la haïraient, que la fureur de Veronica monterait encore d'un cran et que Charlie lui-même serait affecté. Bien que totalement absurde, ce n'était pas une menace en l'air. Elle savait son ex-mari suffisamment stupide pour la mettre à exécution.

— Franchement, Chauncey, c'est odieux. Une simple soirée ne mérite pas que deux familles se déchirent, ni que tu fasses planer une menace sur les études des jumelles.

Qu'il punisse Virginia à cause de l'attitude de Veronica était révoltant. Mais c'était Chauncey tout craché, cette manière de manipuler les autres. Depuis des années, Olympia le haïssait d'agir ainsi. Il trouvait toujours un moyen de faire pression sur elle et, cette fois, c'était à cause d'un bal. Elle commençait, elle aussi, à trouver cela complètement insensé.

— Il est hors de question que ma fille ne fasse pas son entrée dans le monde. Pour l'amour du ciel, Olympia, pense au scandale que cela causerait.

— Si tu veux mon avis, il y a pire, répliqua Olympia.

De toute évidence, Chauncey en jugeait autrement. Pour lui, ne pas être débutante était pire que la mort. Olympia souhaitait que ses filles s'amusent, mais elle ne voulait pas que leur existence en soit gâchée. Si Veronica refusait vraiment d'y aller, elle ne la forcerait pas ; Virginia pouvait s'y rendre, avec ou sans sa jumelle. Le stratagème de Chauncey de vouloir la prendre en otage était excessif et injuste pour tout le monde, y compris pour Olympia.

— Je n'imagine rien de plus humiliant, rétorqua-t-il, et je ne vais pas la laisser me marcher sur les pieds. Tu peux le lui répéter, Olympia.

— Pourquoi ne le lui dis-tu pas toi-même ? demanda-t-elle, lasse de se trouver prise entre deux feux.

S'il voulait aller au bout de ses menaces, il n'avait qu'à lui en faire part lui-même.

— Je vais le faire, assura-t-il d'un ton furieux. Je me demande comment tu as élevé nos filles. Au moins Virginia a-t-elle un peu de bon sens.

— Je pense que le mieux serait de laisser les choses se tasser, dit-elle avec sagesse. Nous en reparlerons en septembre ou plus tard. Je vais inscrire les filles et envoyer le chèque. Veronica n'a pas besoin de le savoir. Nous n'avons qu'à lui dire que la décision sera prise à l'automne et la laisser en paix pendant l'été.

— Je ne veux pas qu'elle ait le moindre doute sur son entrée dans le monde, l'hiver prochain. Je m'arrangerai pour que ce soit bien clair dans son esprit.

— Ça, je n'en doute pas, répondit Olympia en imaginant la crise que cela allait provoquer.

A cause de l'attitude de son père, Veronica allait en faire un enjeu national. Chauncey était d'une maladresse rare dans ses relations avec les gens et n'avait jamais bien su s'y prendre avec les jumelles, pas plus qu'avec elle. Il avait la subtilité d'un semi-remorque et sa mentalité donnait envie à Olympia elle-même de devenir extrémiste.

— S'ils ont besoin de photos des filles, je peux en envoyer deux de Virginia, ajouta-t-elle.

Par chance, avec de vraies jumelles, personne ne verrait la différence.

— Virginia et moi pourrons acheter sa robe, reprit-elle. Accepte donc de laisser les choses suivre simplement leur cours, Chauncey. Je m'en occuperai le moment venu.

— Débrouille-toi pour que cela marche. Si elle ne capitule pas, je m'en mêlerai.

— Merci pour ton aide.

— Veux-tu que Felicia lui parle ? demanda Chauncey sans relever le sarcasme.

Olympia retint une réponse acerbe. Felicia n'était pas réputée pour avoir beaucoup de tact. Les filles la toléraient à cause de leur père, mais elles la trouvaient irritante et stupide. Olympia partageait leur opinion.

— Je me débrouillerai seule.

Elle parvint à mettre un terme à la conversation sans perdre son sang-froid – un petit miracle. Tout, en Chauncey, lui donnait envie de l'étrangler. Elle était encore furieuse quand sa belle-mère appela. Lorsque sa secrétaire lui annonça Mme Rubinstein au téléphone, elle était plongée dans un dossier important. Olympia n'avait aucune idée de la raison de son appel et espérait simplement qu'il ne s'agissait pas du bal. Harry n'était pas du genre à aller se plaindre auprès de sa mère, mais tout semblait possible, à présent. De Newport à New York, toute la famille était sur le pied de guerre.

— Bonjour, Frieda, dit Olympia avec une lassitude perceptible.

Aux problèmes familiaux s'ajoutait la fatigue d'une longue journée de travail.

— Comment ça va ? ajouta-t-elle.

— C'est à toi de me le dire. Veronica a téléphoné pour me dire qu'elle était furieuse contre toi et voulait passer la nuit à la maison...

Olympia pinça les lèvres. Elle n'aimait pas que Veronica s'esquive ainsi, même si elle appréciait à sa juste valeur les relations des deux filles avec la mère de Harry, qui possédait un cœur d'or et aimait les enfants d'Olympia comme les siens.

— ... Je voulais te demander ce que je devais faire.

— C'est très gentil de votre part. En fait, je préférerais qu'elle reste quelques jours à la maison, le temps qu'elle comprenne ou, du moins, que les choses se calment. Elle pourrait peut-être passer le prochain week-end chez vous, avec Max, si vous voulez bien de lui.

— Parfait. Tu sais que j'adore les avoir à la maison. Veux-tu m'envoyer Virginia, aussi ?

— Les filles sont fâchées, en ce moment, soupira Olympia.

— Pour quelle raison ?

— C'est trop stupide pour en parler et assez difficile à expliquer.

Frieda s'abstint de dire à sa belle-fille que Harry s'en était chargé.

Venu pour déjeuner, ce qui lui arrivait rarement, il s'était épanché auprès d'elle. Frieda ne voyait pas les choses comme lui et n'avait pas hésité à le lui dire. Selon elle, il accordait beaucoup trop d'importance à une soirée qui s'annonçait plutôt amusante. Elle ne voyait pas en quoi elle aurait dû se sentir persécutée ou victime de discrimination. Quand il lui avait dit que c'était une manifestation raciste, elle lui avait reproché de se montrer ridicule et extrémiste. C'était comme un club, ni plus ni moins, et ce club-là était réservé aux jeunes filles protestantes. D'ailleurs, il n'y en avait pas dans son groupe Hadassah et personne ne s'en offusquait ni n'appelait au boycott. Chaque club avait le droit de recevoir qui il voulait, et ce bal serait une merveilleuse expérience pour les filles. Elle considérait que Veronica devait y aller et avait bien l'intention de le lui dire, si elle en avait l'occasion. A la suite de cela, Harry lui avait répondu qu'elle était bien trop libérale et, fâché, avait quitté l'appartement dès la dernière bouchée avalée. Il était encore furieux lorsqu'il avait regagné son bureau, et Olympia était restée sans nouvelles de lui toute la journée.

— Je suis désolée que Veronica vous ait ennuyée avec cette histoire. Ce n'est qu'une tempête dans un verre d'eau mais, en ce moment, tout le monde est à cran.

— Comment puis-je t'aider ? demanda Frieda, pragmatique.

Olympia l'adorait. C'était une femme exceptionnelle, qui avait conservé une grande bonté et une grande tolérance malgré ce qu'elle avait vécu dans son enfance. Elle n'en parlait que très rarement. Mais, par l'intermédiaire de Harry, Olympia savait à quel point cela avait été effroyable pour elle de perdre toute sa famille et de supporter les tortures dans les camps. Elle avait souffert de terribles cauchemars pendant des années et avait eu l'intelligence de suivre une thérapie. Son attitude était extraordinaire et Olympia avait la plus profonde affection et le plus grand respect pour elle. Elle se sentait privilégiée de faire partie de sa famille.

— Je ne crois pas que vous puissiez m'aider, Frieda. Ils finiront tous par se calmer. C'est une longue histoire, et plutôt idiote. Les filles ont été invitées à faire leurs débuts dans le monde au bal des Arches, comme je l'avais été, dans le temps. C'est un événement désuet, mais délicieux. Certains, comme Chauncey, essaient d'en faire une condition à l'entrée dans la vie, mais c'est faux. C'est juste une belle soirée de conte de fées, superficielle certes, mais aussi magique que celle de Cendrillon. Pour moi, elle ne fait de tort à personne. Elle est peut-être élitiste, mais ce n'est pas une manifestation néonazie, comme le croit Harry. Depuis, Veronica me traite de fasciste et Chauncey de communiste. Il déclare qu'il ne financera pas les études des filles si elles ne vont pas à ce bal toutes les deux, ce qui est injuste. Ça, Veronica ne le sait pas encore. Elle refuse d'y aller et veut s'installer chez vous. Virginia, elle, souhaite à tout prix y participer. Quant à Harry, il affirme qu'il n'ira pas et semble prêt à divorcer. Charlie est en colère contre Veronica, les filles sont fâchées et tout le monde me déteste. Le seul à garder la tête froide, c'est Max, qui dit que cette histoire de voir le monde est tellement nulle que les filles feraient mieux de rester à la maison.

Cette remarque avisée du petit garçon les fit rire toutes les deux.

— Je ne sais pas quoi faire, ajouta Olympia. Ça ne mérite pas une telle réaction, mais j'aimerais beaucoup qu'elles y aillent, rien que par nostalgie et par goût de la tradition. Je n'ai jamais pensé que ça deviendrait une affaire d'Etat. Je commence à me demander si je ne suis pas un monstre en leur demandant d'y assister. Et Harry est furieux contre moi, conclut-elle d'un ton profondément triste.

— Dis-leur d'aller au diable, conseilla la vieille dame avec bon sens. Va faire les boutiques avec Virginia pour lui trouver une robe et prends-en une pour Veronica ; dis à mon fils de se ressaisir. Ne fais pas attention à eux, continua-t-elle. Veronica a besoin de décompresser un peu. Elle finira par y aller. Et toi, que porteras-tu ? demanda-t-elle avec un intérêt qui fit rire Olympia.

Frieda n'aurait pu poser question plus sensée.

— Une camisole de force s'ils ne se calment pas tous.

Soudain, elle eut une idée et se demanda comment réagirait sa belle-mère.

— Frieda, ça vous plairait de venir ?

— Tu es sérieuse ?

Elle semblait abasourdie. Après ce que Harry lui avait dit, elle supposait que, si la manifestation était effectivement antisé-mite, ce ne serait pas possible. Elle n'aurait jamais osé demander à y aller ni envisagé qu'on puisse le lui proposer. Ce qui ne l'empêchait pas de souhaiter que les jumelles y participent. Extrêmement géné-reuse, elle se montrait toujours soucieuse de ne pas s'imposer à sa belle-fille, à son fils ou à leurs enfants. Elle était incroya-blement discrète et, dès le début, s'était montrée très délicate avec Olympia, à la différence de sa première belle-mère. Celle-ci était aussi déplaisante et snob que son fils.

— Evidemment, je le suis, assura Olympia, qui lui était reconnaissante de son soutien.

— Je croyais que les Juifs et les Noirs n'étaient pas admis, s'étonna Frieda.

C'est ce que Harry lui avait dit lors du déjeuner, et l'une des raisons pour lesquelles il était dans tous ses états.

— Ils ne l'indiquent pas sur l'invitation.

Certes, autrefois, il y avait des règles tacites d'exclusion. Même si elle n'avait pas assisté à un bal des débutantes depuis des années, Olympia supposait que tout cela avait changé. Le bal des Arches avait beau être le plus distingué de tous et, de loin, le plus sélect, il ne lui venait pas à l'esprit d'en exclure Frieda. Peu lui importait ce qu'en penseraient les autres.

— Vous faites partie de notre famille, et les filles seraient vraiment peinées si vous ne veniez pas. Et moi aussi.

— Oh, mon Dieu... Je n'aurais jamais pensé... Je n'aurais jamais imaginé... Harry va être furieux, mais je serai tellement contente de venir. Comment devrai-je m'habiller ?

Olympia se mit à rire. Sa belle-mère semblait ravie.

— Nous pourrons faire les magasins ensemble à l'automne. Nous trouverons sûrement quelque chose de parfait.

Olympia prit brusquement conscience de l'importance que revêtait l'événement pour sa belle-mère. Au moins autant que pour Virginia et, à l'opposé, pour Harry. Ce bal représentait tout ce dont elle avait été exclue et privée étant jeune fille, et symbolisait une sorte de victoire et de reconnaissance personnelles. Dans sa jeunesse, il n'y avait eu ni bals ni fêtes. Elle n'avait connu que la pauvreté et le travail pénible dans les ateliers de confection clandestins. Savoir que sa belle-fille tenait à sa présence lors d'une manifestation de ce genre signifiait énormément pour elle, et Olympia ne l'en aurait privée pour rien au monde. Dans la voix de Frieda transparaissaient son bonheur et sa reconnaissance.

— Il faudra que je trouve quelque chose avec des manches longues...

Olympia comprit. Elle voulait couvrir son tatouage, comme elle le faisait toujours.

— Nous y arriverons, je vous le promets, dit Olympia avec douceur.

— Très bien. J'essaierai de convaincre Veronica ce week-end. Elle ne doit pas gâcher le plaisir de sa sœur. Elles s'amuseront mieux si elles y vont ensemble. Et dis à mon fils d'arrêter de jouer les casse-pieds. S'il ne veut pas y aller, nous nous amuserons sans lui. Décembre est encore loin, ils ont tout le temps de se calmer d'ici là. Ne te mine pas à cause d'eux.

Ses paroles illustraient les relations qu'Olympia entretenait avec elle depuis son mariage avec Harry. Olympia avait conquis à jamais l'amour de sa belle-mère quand elle s'était convertie au judaïsme. Frieda la considérait comme une femme extraordinaire et elle ne voyait rien de mal à ce que ses filles fassent leur entrée dans le monde au cours d'une soirée huppée. Au contraire, elle était enchantée de les y accompagner.

— Je vais marquer sur mon agenda que nous irons faire les magasins en septembre, lorsque les nouvelles collections seront en rayon. Je me verrais assez bien dans une robe de velours noir... Qu'en penses-tu ?

— Je pense que vous êtes la femme la plus formidable que je connaisse, répondit Olympia les larmes aux yeux. J'ai de la chance de vous connaître.

— Oublie cette histoire. Tout ira bien. Harry reviendra sur sa position. Pour le moment, il réagit de manière exagérée. Il devrait assouplir un peu ses principes pour savourer le plaisir d'un dîner et d'un bal, et arrêter de te tarabuster.

Après ce coup de fil, Olympia se sentit mieux. Cependant, malgré les paroles rassurantes de sa belle-mère, elle était encore stressée. Il était près de 17 heures, et elle avait hâte de retrouver Max à la maison. C'est alors que Margaret Washington, une associée du cabinet, entra dans son bureau.

— A voir ta tête, tu as eu une grosse journée, s'exclama-t-elle avec un sourire las.

Elle-même avait travaillé d'arrache-pied sur une affaire complexe d'usines déversant des déchets toxiques. Margaret était l'un des meilleurs avocats du cabinet. Un peu plus jeune qu'Olympia, elle était d'une beauté extraordinaire. Pendant ses années à l'université, elle avait été mannequin pour de grands magazines afin de financer ses études. Comme elle était noire, Olympia n'avait guère envie de lui exposer son problème. Au bout de cinq minutes, elle finit néanmoins par lui en parler. Margaret eut exactement la même réaction que sa belle-mère.

— Oh, c'est la meilleure ! Nous empoisonnons l'environnement, nous vendons des cigarettes et de l'alcool, la moitié des jeunes sont accros à des drogues qu'ils peuvent acheter à tous les coins de rue – sans parler des armes –, nous avons l'un des taux de suicide les plus élevés au monde chez les moins de vingt-cinq ans, nous nous lançons dans des guerres sans la moindre justification, la protection sociale est en faillite, le pays est criblé de dettes, nos hommes politiques sont pour la plupart corrompus, notre système scolaire tombe en ruine, et tu es censée te sentir coupable parce que tes filles vont jouer les Cendrillon le temps d'un bal aristo ? Arrête, tu veux bien ! Dans ce cas, explique-moi pourquoi il n'y a pas de Blancs au club de bingo de ma mère, à Harlem. Or, il ne lui viendrait pas à l'idée de se sentir coupable une demi-seconde. Harry est pourtant un homme raisonnable... Ce n'est pas un mouvement de néonazis, c'est une fête pour gamines en jolies robes blanches. Bon sang, si j'étais à ta place et si j'avais une fille, je voudrais qu'elle y aille, moi aussi ! Et je ne me sentirais pas coupable non plus. Conseille à tout le monde de se calmer. Ce truc ne me choque pas, et pourtant j'ai boycotté à peu près tout ce qui existe sur la planète quand j'étais étudiante. Mais pour ça, je n'aurais même pas eu un froncement de sourcils.

— C'est aussi l'opinion de ma belle-mère. Harry, lui, prétend que c'est un manque de respect envers les membres de sa famille victimes des nazis.

— Ta belle-mère me semble beaucoup plus sensée. Qu'a-t-elle dit d'autre ? demanda Margaret avec intérêt.

— Elle voulait savoir quand nous pourrions aller acheter sa robe et ce que je pensais du velours noir...

— Bravo ! C'est exactement ce que j'aurais fait. Envoie-les tous paître, Ollie. Dis à ta révolutionnaire de fille de laisser tomber et à ton mari de se reprendre. Ce bal n'a rien d'extrémiste. Quant à ton ex-mari, il m'a l'air d'être un vrai crétin.

— Il n'en a pas que l'air. S'il en a la possibilité, il jettera de l'huile sur le feu. Il préférerait avoir une fille sous assistance respiratoire plutôt que de la voir rater le bal des Arches. Je veux simplement qu'elles s'amusent et fassent comme moi. À mon époque, dans les années 70, ce n'était pas un événement considérable, mais c'était tout naturel d'y aller. Ce n'était plus comme dans les années 40 et 50, où tu n'avais pas le choix si tu voulais trouver un mari. Aujourd'hui, c'est simplement l'occasion de porter une robe du soir et d'assister à une fête, de perpétuer la tradition et de remplir son album photo. Rien de plus.

— Et moi, ça ne m'a jamais empêchée de dormir, même si je connaissais des filles à Harvard qui y allaient. D'ailleurs, l'une d'elles m'avait invitée, mais je posais ce week-end-là à Chicago pour payer mes études.

— Ça me ferait plaisir que tu viennes, dit Olympia, ce qui lui valut un immense sourire de Margaret.

— J'adorerais ça.

Il ne vint pas à l'idée d'Olympia que la présence de Margaret pourrait susciter quelques remous. D'ailleurs, elle ne s'en souciait pas. Et si, pour une raison quelconque, cela déplaisait au comité d'organisation – ce dont elle doutait –, elle s'en moquait.

— J'espère simplement que Harry viendra lui aussi, soupira-t-elle, mélancolique.

Elle détestait se disputer avec lui.

— S'il ne vient pas, tant pis pour lui, il aura l'air ridicule. Donne-lui le temps de réfléchir. Quand il apprendra que sa mère est partante et considère que les filles doivent y aller, il changera d'avis.

— Mouais... murmura Olympia. Je n'ai plus qu'à convaincre les filles, maintenant. Du moins Veronica.

Une demi-heure plus tard, Olympia regagna sa maison. Ce soir-là, l'atmosphère resta tendue. Personne ne prononça un mot durant le dîner mais, au moins, tout le monde resta assis et mangea. Lorsque l'heure fut venue d'aller se coucher, Harry s'était un peu radouci.

Ensuite, personne ne parla plus du bal des débutantes jusqu'au moment où, trois jours plus tard, Veronica devint folle furieuse en recevant une lettre de son père.

Il lui faisait part de sa menace de ne pas payer leurs frais de scolarité, à elle et à Virginia, si elles ne participaient pas toutes les deux à la soirée. Veronica se mit à hurler, dénonçant les manœuvres écœurantes et manipulatrices de son père, ainsi que le chantage abominable dont elle était victime. Olympia s'abstint de commenter l'attitude de Chauncey, mais elle remarqua qu'à la suite de cela la paix revint entre les filles. Si Veronica n'annonça pas qu'elle se rendrait au bal, elle cessa de proclamer qu'elle n'irait pas. Elle ne voulait pas que ses actes nuisent à sa sœur ou obligent leur mère à financer seule leurs études. A présent, elle était furieuse contre son père et ne se gênait pas pour le dire.

Olympia envoya son chèque aux Arches et assura au comité que ses deux filles étaient ravies de se rendre au bal. Elle n'en parla plus à Harry, jugeant qu'ils avaient largement le temps de résoudre le problème avant décembre. Il n'eut qu'un seul commentaire, tard le soir, alors que Charlie, rentré à la maison pour le week-end, y faisait allusion.

— Je n'irai pas, marmonna-t-il avant de quitter la pièce, la laissant en discuter avec son fils aîné.

— Très bien, dit-elle avec calme.

Olympia se souvenait des paroles de sa belle-mère, ainsi que de celles de Margaret Washington. Elle avait sept mois pour le faire changer d'avis.

Charlie accepta d'être le cavalier de Virginia, même si celle-ci avait récemment rencontré un garçon qui lui plaisait. Elle avait suivi le conseil de sa mère, qui jugeait plus sage de ne pas confier ce rôle à l'élu de son cœur. De nombreux changements pouvaient survenir d'ici à décembre. Olympia comptait sur ce laps de temps pour essayer de convaincre Harry et Veronica. Mais au moins, pour le moment, tout le monde semblait s'être calmé.

3

Quand Charlie revint de Dartmouth pour les vacances, sa mère le trouva peu communicatif. Il avait eu de bons résultats, faisait partie de l'équipe de tennis de l'université, avait joué au hockey sur glace tout l'hiver et venait de se mettre au golf. A New York, il revit tous ses amis, sortit avec ses sœurs et eut un rendez-vous avec l'une des amies de Veronica. Il alla jouer au ballon avec Max à Central Park et, un jour, l'emmena à la plage à Long Island. Mais il avait beau déployer beaucoup d'activité, Olympia s'inquiétait pour lui. Charlie lui semblait plus silencieux que d'habitude, plus distant et comme absent. Il allait bientôt partir dans le Colorado et prétendait attendre son départ avec impatience, mais Olympia avait l'impression qu'il était triste et mal dans sa peau.

Elle en parla à Harry un samedi matin, après une partie de tennis qu'ils venaient de disputer, alors que Charlie gardait Max. Ils adoraient jouer au tennis et au squash, et chérissaient ces moments qu'ils parvenaient à passer seuls ensemble. Cela arrivait rarement, car la plupart du temps ils partageaient leurs soirées et leurs week-ends avec Max. Quand Charlie était à la maison, ils en profitaient donc, celui-ci étant toujours partant pour s'occuper de son petit frère.

— Je n'ai rien remarqué... dit Harry en essuyant son visage avec une serviette.

Il avait battu Olympia, mais de justesse. Tous les deux étaient en grande forme et avaient bien joué. Elle venait de lui confier ses inquiétudes au sujet de Charlie, et il était surpris qu'elle se fasse ainsi du souci pour lui.

— Je le trouve bien, reprit-il.

— Pas moi. Il ne dit rien et, quand il croit que je ne l'observe pas, il a l'air déprimé et triste. A moins qu'il ne soit inquiet, je ne sais pas. Peut-être qu'il ne se plaît pas à l'université.

— Tu te fais trop de souci, Ollie.

Il lui sourit puis, se penchant vers elle, il l'embrassa.

— C'était un bon match. Je me suis bien amusé.

— Je sais ! dit-elle avec un large sourire alors qu'il l'enlaçait. Parce que tu as gagné ! Tu dis toujours que c'était un bon match quand tu gagnes.

— Tu m'as battu la dernière fois que nous avons joué au squash.

— Uniquement parce que tu as eu une crampe et que tu as dû t'arrêter. Sinon, tu me bats toujours. Tu joues au squash mieux que moi.

Au tennis, en revanche, elle gagnait souvent. Mais pour elle, le résultat n'avait guère d'importance. Ce qu'elle aimait, c'était être avec lui.

— Tu es meilleure avocate que je ne l'étais, déclara Harry à sa grande surprise.

Il ne le lui avait jamais dit auparavant.

— Non, ce n'est pas vrai. Ne dis pas de bêtises, tu étais un avocat fantastique. En fait, tu essaies juste de me flatter parce que tu m'as battue au tennis.

— Pas du tout. Tu es meilleure avocate que moi, Ollie. Je m'en étais aussitôt rendu compte, lorsque tu étais étudiante. Tu es méticuleuse, précise, efficace et en même temps tu sais faire preuve d'originalité. Je t'admire beaucoup. Quand je plaidais, j'étais toujours très méthodique, mais je n'ai jamais possédé ton talent. Quelquefois, tu es vraiment exceptionnelle.

— Waouh ! Tu penses vraiment ce que tu dis ?

Elle le regarda avec plaisir et gratitude. C'était le plus beau compliment qu'il lui ait jamais fait.

— Bien sûr. Si j'avais besoin d'un avocat, je me tournerais immédiatement vers toi. En revanche, je ne suis pas certain que je te prendrais comme professeur de tennis...

A ces mots, elle lui donna un léger coup dans les côtes et il l'embrassa. Elle se sentait bien avec lui et elle était heureuse qu'il ne soit plus fâché après leur dispute à propos du bal. Il affirmait toujours qu'il ne viendrait pas, mais elle ne lui en reparlait plus. Elle préférait laisser les choses se tasser avant d'aborder de nouveau le sujet.

Sur le chemin de la maison, ils discutèrent à nouveau de Charlie.

— Si tu as raison, il finira par se confier à toi, affirma Harry pour la rassurer. Il le fait toujours.

Il savait combien Olympia était proche de son fils aîné, tout comme des jumelles et de Max. C'était une mère fabuleuse et une merveilleuse épouse. Pour ses enfants, elle possédait un instinct particulier. Si elle pensait que quelque chose tracassait Charlie, elle ne se trompait certainement pas.

— Il se peut qu'il ait une grosse peine de cœur...

Etait-ce cela ? Charlie n'avait pas eu d'histoire sérieuse depuis un moment. Il sortait beaucoup, multipliait les conquêtes, mais il y avait près de deux ans qu'il n'avait pas eu de petite amie stable.

— Je ne pense pas que ce soit cela. S'il s'agissait d'une fille, je crois qu'il m'en aurait parlé. J'ai l'impression que c'est plus profond. Il a vraiment l'air triste.

— Aller dans ce camp du Colorado lui fera du bien, assura Harry au moment où ils arrivaient à la maison.

A peine furent-ils entrés qu'ils entendirent les garçons chahuter. Charlie jouait aux cow-boys et aux Indiens avec Max, et on entendait leurs cris jusque dans la rue. En les voyant, Olympia se mit à rire. Charlie s'était servi de son rouge à lèvres et de dentifrice pour se peinturlurer le visage ; Max courait dans la maison en caleçon, coiffé d'un chapeau de cow-boy, en menaçant son frère d'un pistolet en plastique. Harry se mêla à eux pendant qu'Olympia allait préparer le déjeuner. La matinée avait été délicieuse.

Mais l'inquiétude d'Olympia réapparut quand, quelques jours plus tard, elle reçut une facture du centre d'assistance psychologique de Dartmouth. Quand elle en parla à Charlie, il lui assura qu'il allait bien. L'un de ses amis s'était suicidé au cours du second semestre, lui apprit-il, et il en avait été très affecté sur le moment. Mais il se sentait mieux, à présent. Cette réponse ne parvint pas à dissiper les craintes d'Olympia. Et s'il lui venait la même idée ? Elle se souvenait d'un article sur le suicide de jeunes ne présentant aucun signe avant-coureur de détresse. Quand elle en fit part à Harry, il lui répondit qu'elle exagérait et lui rappela que le fait d'avoir cherché de l'aide auprès d'un psychologue était bon signe. Généralement, c'étaient les jeunes qui ne consultaient pas ou ne suivaient pas de thérapie qui passaient à l'acte. Pour lui, Charlie allait bien.

Les deux hommes jouèrent au golf ensemble plusieurs week-ends de suite, et Charlie alla retrouver Harry un jour à son bureau pour déjeuner avec lui. Il lui confia qu'il envisageait de devenir pasteur et entreprendrait des études de théologie après sa licence. Harry approuva son désir, ayant remarqué combien Charlie était proche des gens et les comprenait, même dans les situations délicates. A une ou deux reprises, Charlie évoqua le bal des débutantes, mais Harry refusa d'en discuter avec lui. Il désapprouvait une manifestation fondée sur l'exclusion, même si ce n'était pas dit ouvertement.

Tout aussi ferme que lui, Veronica semblait s'être un peu radoucie quand, en juillet, elle partit pour l'Europe avec sa sœur et leurs amies. Virginia avait acheté sa robe pour le bal, un magnifique modèle bustier en taffetas blanc, dont l'ample jupe était rebrodée, dans le bas, de minuscules perles dessinant un large motif floral. On aurait dit une robe de mariée et Virginia était aux anges. Sans rien dire à Veronica, Olympia et elle s'étaient également occupées de sa tenue : un fourreau en satin blanc, retenu sur une épaule par une bretelle en diagonale qui laissait le dos nu. La ligne en était pure, sexy, et mettrait en valeur sa silhouette élancée. Les deux robes étaient ravissantes et, avec leurs styles très contrastés, soulignaient les différences existant entre les deux sœurs, pourtant si difficiles à distinguer l'une de l'autre. Olympia avait caché le fourreau dans son placard et fait jurer à Virginia qu'elle ne dirait rien à Veronica. Avant de partir pour l'Europe, Virginia avait posé dans les deux robes pour les photos qui figureraient sur le programme du bal. Sa mère et elle s'étaient bien gardées d'en parler à Veronica. Pour le moment, le calme régnait.

Les filles étaient joyeuses et avaient retrouvé leur complicité quand elles quittèrent New York. Charlie partit pour le Colorado deux jours plus tard, alors qu'Olympia et Harry s'envolaient pour la France avec Max. Leur séjour à Paris fut très réussi. Ils visitèrent les monuments et les musées, emmenèrent Max au sommet de la tour Eiffel ainsi qu'au jardin du Luxembourg, où il joua au ballon avec des petits Français et profita des manèges et des promenades à dos de poney. Ils allèrent déguster des glaces chez Bertillon, sur l'île Saint-Louis, et Max se régala de crêpes qu'ils achetèrent dans une rue de Saint-Germain-des-Prés. Ils logeaient dans un petit hôtel que Harry connaissait sur la rive gauche. Max dormait dans une chambre adjacente, ce qui leur permettait d'avoir leur intimité. Le dernier soir, ils prirent un bateau-mouche pour une longue promenade sur la Seine et admirèrent les magnifiques bâtiments qui défilaient lentement, baignés par les lumières de la ville. Tous les trois regrettaient de quitter Paris.

Ils gagnèrent alors la Côte d'Azur. Ils passèrent une semaine à Saint-Tropez, puis une nuit à Monte-Carlo avant quelques jours à Cannes. Max joua sur la plage et commença à apprendre quelques mots de français avec un groupe d'enfants de son âge. Tous les trois étaient reposés, heureux et bronzés. Max envoya à Charlie un tee-shirt de Saint-Tropez tandis que Charlie leur adressait des cartes postales leur racontant ce qu'il faisait au camp. Il paraissait s'y amuser énormément.

Une nouvelle fois, ils partirent à regret. Ils prirent l'avion à Nice pour retrouver les filles à Venise. Tous les cinq y passèrent des moments fabuleux, visitant églises et palais. Max donna à manger aux pigeons sur la place Saint-Marc et ils firent une longue promenade en gondole qui les emmena, bien sûr, sous le pont des Soupirs. Lorsqu'ils furent dessous, Harry embrassa Olympia, ce qui, leur dit le gondolier, leur assurait d'être unis pour toujours. En les voyant, Max fit la grimace, et les jumelles se moquèrent de lui en riant.

Ils gagnèrent ensuite le nord de l'Italie et la Suisse, où ils descendirent dans un magnifique hôtel au bord du lac de Genève. Puis ils traversèrent les Alpes et passèrent leurs derniers jours à Londres. Tous se sentaient tristes à l'idée que les jumelles allaient partir à l'université. La maison serait horriblement calme sans elles. Dans l'avion qui les ramenait à New York, Olympia resta silencieuse, regrettant que les filles quittent le domicile familial aussi tôt. Le voyage en Europe avait été formidable, mais la fin de l'été était arrivée.

Les derniers jours des jumelles à New York avant leur départ pour l'université furent frénétiques : elles devaient faire leurs bagages, prévoir tout ce qu'il fallait emporter et voir leurs amis. Virginia fut ravie de découvrir que plusieurs de ses amies avaient accepté l'invitation des Arches et qu'elles seraient ensemble là-bas. Veronica continuait de feindre l'indifférence, jusqu'au moment où, la veille de leur départ pour Brown, en cherchant des timbres dans le bureau de sa mère, elle tomba sur les photos de Virginia portant les deux robes. Elle resta un long moment à les détailler, une expression d'incrédulité mêlée de fureur sur le visage.

— Comment as-tu pu faire ça ? fulmina-t-elle contre sa mère, avant d'accuser sa sœur de lui mentir.

Virginia finit par craquer.

— Pourquoi maman devrait-elle payer pour nous deux, parce que tu veux faire passer un message et énerver papa ? C'est injuste envers elle.

Veronica avait refusé d'aller chez son père, en signe de protestation. Virginia s'y était rendue seule, le week-end suivant leur retour d'Europe.

— Ce n'est pas bien, vraiment. Pourquoi maman devrait-elle être punie parce que tu ne veux pas aller à ce bal ?

Virginia en avait assez des réactions excessives de sa sœur, tout comme la mère de Harry d'ailleurs. Celle-ci invita Veronica à déjeuner avant qu'elles ne partent et lui demanda de se montrer plus conciliante. Durant sa dernière soirée à New York, Veronica donna son accord. Elle continua de clamer qu'elle haïssait l'idée de partici-per à cette soirée et qu'elle désapprouvait toujours le principe de cette manifestation, mais l'attitude déraisonnable de son père ne lui laissait pas le choix. Elle ne voulait pas qu'il pénalise leur mère. Olympia pro-mit de tout faire pour que ce soit le moins pénible possible pour elle. Veronica essaya la robe et déclara qu'elle la détestait, même si elle lui allait fabuleusement bien. Elle n'avait pas encore de cavalier mais promit d'y penser. Elle devait donner son nom au comité d'organisation aux alentours de Thanksgiving.

— Pourquoi ne pas demander à un des amis de Charlie ? suggéra Olympia.

Mais Veronica déclara qu'elle trouverait quelqu'un elle-même. Elle avait suffisamment fait de concessions et ne voulait pas qu'on la harcèle au sujet de son cavalier. Olympia n'insista pas. Il ne restait plus que Harry à convaincre, mais il refusait ne fût-ce que d'en discuter avec elle. Il était déçu que Veronica ait capitulé mais, étant donné les menaces de son père, il reconnaissait qu'elle avait agi de manière sensée, pour le bien de sa mère. Lui, en revanche, ne revenait pas sur sa position. Il déclara que rien ne le ferait changer d'avis, se montrant extrêmement têtu et affirmant qu'il s'agissait d'une question de principe. Charlie essaya bien d'en discuter avec lui avant de partir pour sa dernière année à Dartmouth, mais Harry changea de sujet dès qu'il y fit allusion. Il était clair pour tout le monde que Harry n'irait pas. Malgré les vacances formidables qu'ils avaient partagées en Europe, il restait sur ses positions.

Avant que Charlie ne parte, Olympia et lui déjeunèrent ensemble. Il semblait maintenant détendu et heureux. Apparemment, il était mieux dans sa peau qu'en juin, et elle ne s'inquiétait plus pour lui. Il sortait beaucoup, disait qu'il se réjouissait de vivre sa dernière année universitaire et qu'il envisageait de s'inscrire en théologie à l'automne. Il parlait aussi de poursuivre ses études à Oxford ou de prendre une année sabbatique pour voyager ou, peut-être, d'accepter un poste qu'un vieil ami de son père lui avait proposé à San Francisco. Il n'était pas encore décidé, mais tout ce qu'il projetait paraissait raisonnable aux yeux de sa mère et de Harry. Quelquefois, Olympia le plaignait d'avoir à faire, si jeune, des choix si importants pour son avenir. Heureusement, c'était un garçon responsable et un bon élève, apprécié de tous et ouvert à tout.

— Le pauvre, je détesterais être jeune de nouveau, déclara Olympia à Harry le jour où elle déjeuna avec son fils. Il a l'impression d'être à la croisée de mille chemins. Et en plus, son père voudrait qu'il aille à Newport et entraîne les chevaux avec lui. Dieu merci, ce n'est pas ce qu'il envisage.

Pas plus que de travailler dans la banque de la famille de Chauncey à New York. Charlie voulait faire quelque chose de différent, mais il ne savait pas encore quoi. Harry pensait qu'il devait aller à Oxford ; Olympia trouvait que le poste à San Francisco était intéressant ; Charlie lui-même n'était sûr de rien. Harry avait également parlé d'une école de droit, mais Charlie n'avait pas été très chaud. C'était encore les études de théologie qui lui plaisaient le plus.

— Je ne peux pas l'imaginer pasteur, déclara Olympia avec honnêteté, même s'il est beaucoup plus pratiquant que le reste de la famille.

— Cela lui conviendrait peut-être, répondit Harry, pensif. Simplement, il ne gagnerait pas beaucoup d'argent. Peut-être devrait-il choisir un métier qui lui rapporterait davantage.

Le poste à San Francisco se trouvait en fait à Palo Alto, dans la Silicon Valley. Il s'agissait d'une entreprise d'informatique, et Olympia l'avait incité à y réfléchir sérieusement. Charlie avait accepté de s'y rendre en allant voir son père, une fois

Noël passé. Toute la famille prévoyait d'aller à Aspen pour les fêtes et s'en réjouissait déjà. Avant le bal, ils célébreraient Hanoukka à New York.

Le lendemain du départ de Charlie, Frieda et Olympia firent les boutiques afin de trouver leurs robes pour le bal. Elles allèrent chez Saks et chez Bergdorf et finalement trouvèrent exactement ce qu'elles cherchaient chez Barney's. Un fourreau et son étole assortie, en satin bleu marine, pour Olympia, et une robe en velours noir à manches longues et col montant pour Frieda, flatteuse, simple et parfaite pour son âge. Heureuses de leurs achats, elles prirent le thé chez Frieda et bavardèrent comme deux gamines, après s'être débarrassées de leurs chaussures. Frieda semblait de plus en plus excitée par la perspective du bal. A présent qu'elle avait une robe, elle pouvait vraiment y croire. Elle déclara qu'elle la porterait avec les petites boucles d'oreilles en diamant dont Harry et Olympia lui avaient fait cadeau pour son soixante-quinzième anniversaire, et le collier de perles offert autrefois par le père de Harry.

— Je m'inquiète pour Charlie, lui confia Olympia alors qu'elles étaient assises dans la cuisine.

L'intérieur de Frieda était impeccable et elle était fière de pouvoir encore l'entretenir elle-même. Active et indépendante, elle refusait toutes les offres d'aide que lui proposait Harry.

— Tant de voies s'ouvrent à lui, après l'université, qu'il semble perdu, continua Olympia.

— Il est jeune. Il trouvera ce qui lui convient. Comment sont ses relations avec son père, ces temps-ci ?

Elle savait qu'elles n'étaient pas toujours au beau fixe. Chauncey était si décevant... Il semblait s'intéresser beaucoup plus aux trois filles qu'il avait eues avec Felicia qu'aux trois enfants de son premier mariage. Cela ne semblait pas affecter les jumelles, mais Charlie avait toujours l'impression d'être négligé. Harry faisait de son mieux pour lui apporter son soutien, mais il souffrait de l'apparente indifférence de son père à son égard. Chauncey était comme ça, tout simplement. Superficiel, incapable de s'intéresser aux autres et allergique aux responsabilités. Ses seules passions étaient la fête et le cheval. Il avait toujours voulu que Charlie joue au polo et était contrarié qu'il ne veuille pas devenir professionnel.

— Leurs rapports sont inexistants, comme d'habitude, soupira Olympia, l'air troublé. Et Harry est tellement occupé qu'il n'a pas beaucoup de temps à lui consacrer. Charlie ne s'est confié à personne, ces derniers temps.

Elle évoqua alors le suicide de son ami, au printemps dernier.

— Il n'en a pas beaucoup parlé, mais j'ai reçu une facture du centre d'aide psychologique de Dartmouth, et c'est à ce moment-là qu'il m'a dit pourquoi il s'y était rendu. Il était encore affecté quand il est revenu à la maison, en juin. Mais en août, lorsqu'il est rentré du Colorado, il était à nouveau lui-même.

— Tu penses qu'il va bien ? demanda Frieda, préoccupée.

Elle était toujours sensible et disponible, et ne manifestait pas l'indifférence et la fatigue souvent caractéristiques de son âge.

— Oui, répondit Olympia. C'est un méditatif et il garde beaucoup de choses pour lui. Il ne se confie plus à moi autant qu'il le faisait auparavant. Je suppose que c'est normal, mais ça ne m'empêche pas de me faire du souci.

— Il a une petite amie ?

Frieda ne l'avait presque pas vu durant l'été. Il n'avait pas passé beaucoup de temps en ville, après son séjour dans le Colorado et avant de retourner à Dartmouth. Le temps courait toujours trop vite, et il avait été très pris par ses amis.

— Non, il n'a pas de relation stable. Il est sorti avec quelques amies de Virginia et Veronica cet été. Il a eu une petite amie en seconde année, mais ils ont rompu à Noël dernier. Je ne crois pas qu'il y ait eu quelqu'un d'important depuis, et peut-être était-il trop déprimé par la mort de son ami, au printemps. Il n'a pas fait allusion à quelqu'un qu'il aurait rencontré dans le Colorado cet été. Il se montre très difficile, pour un jeune de son âge.

Frieda acquiesça d'un signe de tête. Charlie était un garçon sympathique, sensible, prévenant, qui passait beaucoup de temps avec ses frère et sœurs, était uni par des liens forts à sa mère et éprouvait une profonde affection pour Harry. Elle avait l'impression que devenir pasteur pouvait réellement lui convenir. Tout en remplissant de nouveau leurs tasses, elle sourit à sa belle-fille. Elles avaient passé un après-midi délicieux.

— Il devrait peut-être se faire rabbin plutôt que pasteur. Mon père était un rabbin formidable. Il était très gentil, et tellement sage et cultivé...

Elle parlait rarement de ses parents et, lorsqu'elle le faisait, Olympia en était toujours touchée.

— Chauncey serait enchanté, commenta celle-ci.

Elles se mirent à rire toutes les deux en pensant à la réaction de son snobinard d'ex-mari si Charlie se convertissait et devenait rabbin.

— Cette idée me plaît. Cela le rendrait fou, ajouta-t-elle.

Frieda n'avait rencontré Chauncey qu'une seule fois et il s'était montré à peine poli avec elle. Il l'avait instantanément rejetée, comme il le faisait avec tous ceux qui n'appartenaient pas à son milieu. Olympia savait qu'il serait contrarié qu'elle ait invité Frieda aux Arches. Il était plus que probable qu'il allait l'ignorer. Et il serait encore plus contrarié qu'elle ait également invité Margaret Washington. Les Juives et les Noires ne correspondaient pas à l'idée que se faisait Chauncey des gens que l'on conviait au bal des débutantes. Olympia savait quel genre d'invités il amènerait.

Des aristos snobs et ennuyeux comme la pluie. Frieda, elle, était amusante et intéressante. Elle avait beaucoup voyagé, lisait énormément, adorait parler politique et aimait les gens. Quant à Margaret, c'était l'une des personnes les plus brillantes qu'Olympia connaisse.

Olympia était toujours contrariée que Harry refuse de venir. Il s'était braqué et ne voulait pas en discuter avec elle. Elle avait renoncé à le faire changer d'avis et il en allait de même de Frieda. Il restait encore trois mois avant le bal. Heureusement, elles avaient l'une et l'autre une robe, tout comme les filles. La conversation dévia sur des affaires dont s'était occupée Olympia et sur un scandale au Sénat dont on avait récemment parlé aux actualités.

Quand Olympia partit, il était presque l'heure du dîner. A la maison, elle trouva Harry en train de préparer le repas avec l'aide de Max, qui venait d'entrer à l'école primaire. Un gigantesque désordre régnait dans la cuisine, mais ils paraissaient bien s'amuser. Harry avait allumé le barbecue dans le jardin pour cuire des steaks.

— Où étais-tu ? s'enquit Harry quand elle l'embrassa.

— Je faisais des courses avec ta mère, répondit-elle, heureuse de les retrouver.

— Elle va bien ? demanda-t-il en posant les steaks sur un plateau.

Il faisait encore chaud à l'extérieur.

— Très bien. Nous avons fait les boutiques et elle a trouvé une robe vraiment belle pour le bal.

— Oh, ça... marmonna-t-il, les sourcils froncés, avant de sortir pour poser les steaks sur le barbecue.

Max se tourna vers sa mère.

— Il ne veut toujours pas y aller, dit-il, l'air sérieux.

Olympia sourit à son benjamin.

— Je sais.

— Tu n'es plus en colère contre lui ? demanda-t-il avec une pointe d'inquiétude.

— Non. Il a le droit d'avoir ses propres idées.

Au moment où elle prononçait ces mots, Harry revenait et elle s'adressa directement à lui.

— Ta position vis-à-vis du bal est discriminatoire, en fait. Tu fais de la discrimination envers un certain milieu.

— Eux en font envers les Noirs et les Juifs.

— J'imagine que ça rétablit l'équilibre, alors, conclut-elle avec calme. Je ne suis pas certaine que ta position vaille mieux que la leur. Pour moi, c'est à peu près pareil.

— Tu as discuté avec ma mère, dit-il en assaisonnant la salade. Pour elle, c'est juste une occasion de sortir et de s'habiller. Comme pour vous toutes, d'ailleurs. Vous perdez de vue ce que ce genre de chose signifie.

— Ce n'est qu'une vieille tradition, Harry. Il n'y a pas de méchanceté derrière et les filles seront déçues si tu ne viens pas. Je ne vois pas pourquoi tu blesserais des gens que tu aimes et qui t'aiment, simplement pour prouver quelque chose à des gens que tu ne connais pas et que ton absence ne dérangera pas. Alors que nous, oui.

— Vous serez très bien sans moi. Je resterai ici avec Max.

— Comment elles feront, pour entrer dans le monde ? demanda Max, ne comprenant toujours pas ce qui attendait ses sœurs et en quoi Charlie les aiderait, sous le regard de leurs mère et grand-mère.

Il savait, en revanche, que son père n'était pas d'accord.

— Elles s'avanceront sur une grande scène, sous une arche de fleurs, et elles feront une révérence, comme ceci.

Elle lui fit une démonstration en plongeant avec grâce, la tête haute et le dos droit, puis se releva, les bras écartés comme une danseuse.

— C'est tout ?

Max avait l'air intrigué. Harry sortit pour retourner la viande sur le gril. Il avait vu sa révérence mais ne fit aucun commentaire.

— C'est tout. Ça fait plus d'effet avec une robe longue, bien sûr.

— C'était déjà très bien, assura Max, impressionné.

Sa mère était belle, et ses sœurs aussi. Il était fier d'elles, de même que de son frère et de son père.

— Est-ce que mes sœurs savent la faire ?

Il ne les avait pas vues s'entraîner et cela lui paraissait difficile. Il soupçonnait, avec raison, que c'était moins évident qu'il n'y paraissait.

— Pas encore, mais bientôt. Elles iront à une répétition l'après-midi avant le bal.

— Je parie qu'elles la feront mieux que les autres, affirma Max. Et Charlie, il fera quoi ?

— Il se tiendra à côté de Virginia pendant qu'elle fera sa révérence, puis il lui donnera le bras et ils descendront de la scène par un escalier. Ensuite, les filles danseront avec leur père.

— Toutes les deux en même temps ?

Cela semblait bien compliqué aux yeux du petit garçon.

— Non, l'une après l'autre.

L'une d'elles aurait pu danser avec Harry, s'il avait été là, puis elles auraient échangé. En son absence, il leur faudrait attendre chacune leur tour.

— Qui sera avec Veronica pour descendre l'escalier ?

— Nous ne le savons pas encore. Elle devra le dire avant Thanksgiving.

— Il faut qu'il soit fort, parce qu'il faudra qu'il la rattrape si elle tombe en faisant ce truc que tu viens de faire, ou dans l'escalier.

Harry et Olympia éclatèrent de rire et leurs yeux se croisèrent tandis qu'il déposait les steaks dans les assiettes. Soudain, Olympia se souvint avec amusement de son propre cavalier. Elle n'y avait plus pensé depuis des années.

— Mon chevalier servant avait trop bu avant que nous montions sur la scène. Comme il était ivre, mes parents ont dû trouver un autre garçon pour m'accompagner. Je ne l'avais jamais rencontré auparavant, mais il était très gentil.

— Je parie qu'ils étaient très en colère contre celui qui était saoul.

— Evidemment.

Elle se souvint également, mais n'en parla pas, que cela avait été la dernière fois qu'elle avait dansé avec son père. Il était mort l'année suivante et, plus tard, elle avait chéri le souvenir de cette ultime danse avec lui. Cela avait été une soirée importante pour elle, et elle espérait qu'il en serait de même pour les filles. Bien sûr, cela n'avait pas été un bouleversement dans son existence, mais un moment qui, rétrospectivement, avait beaucoup compté pour elle. Elle ne lui avait jamais attribué de signification particulière. Cela avait été simplement une soirée où elle s'était sentie unique et importante et où tout le monde s'était occupé d'elle. Elle ne s'était plus jamais sentie aussi belle, si ce n'est à son mariage. D'autres événements dans sa vie avaient eu une signification plus profonde : son mariage avec Chauncey et, plus tard, avec Harry ; la naissance de ses enfants ; sa remise de diplôme ; le jour où elle avait appris son admission au barreau. Mais ce bal des Arches avait beaucoup compté. Particulièrement la dernière danse avec son père.

— Ça ressemble à une bat-mitsva, fit remarquer Harry, qui l'écoutait.

107

— Tu as raison, acquiesça-t-elle. On donne aussi de l'importance aux jeunes filles, en ce jour particulier.

Au fil des années, elle avait assisté avec lui à quelques bat-mitsva et avait été impressionnée de voir à quel point la jeune fille se sentait la reine de la fête : on la célébrait dans des discours, on projetait des films sur son enfance et on promenait sa mère dans une chaise tout autour de la pièce. Les barmitsva, pour les garçons, étaient encore plus impressionnantes et constituaient également un rite de passage entre l'enfance et l'âge adulte. Elle aurait aimé que Harry soit à son côté, lorsque Veronica et Virginia franchiraient cette étape.

Lui voyait toujours les choses différemment. Il pensait qu'il était plus important de souligner le côté sectaire et restrictif de l'événement. Max posa alors un certain nombre de questions au sujet des barmitsva, et Harry lui raconta la sienne, dont il se souvenait encore avec joie et tendresse. Rien que de penser à la sienne, Max était très excité, même si elle n'aurait lieu que dans sept ans.

Les filles téléphonèrent alors qu'Olympia et Harry débarrassaient la table du dîner. Les cours leur plaisaient et tout allait bien à la fac. Elles partageaient un grand appartement avec deux autres filles. Charlie avait une chambre sur le campus, cette année. Après avoir envisagé de prendre une maison avec quelques colocataires, il avait préféré cette solution. Olympia et Harry n'avaient pas eu de nouvelles de lui depuis son départ. Ils savaient qu'il était occupé et avait beaucoup à faire en ce début d'année. Aucun des aînés ne reviendrait à la maison avant Thanksgiving. Cela semblait long à Olympia. Elle était d'autant plus heureuse qu'ils aient Max, et encore douze années devant eux pour profiter de lui.

Ce soir-là, Harry et Olympia le mirent au lit ensemble. Harry lui lut une histoire, pendant qu'Olympia l'embrassait et le bordait. Ensuite, ils gagnèrent leur propre chambre et discutèrent pendant un long moment. Ils avaient tous deux beaucoup de travail et des affaires importantes à traiter et aimaient en parler le soir, lorsqu'ils se retrouvaient seuls. Olympia adorait avoir son point de vue. Elle appréciait ses opinions et son jugement sur tous les sujets... à l'exception du bal des débutantes. Sur ce sujet, elle trouvait son opinion complètement absurde.

Lorsqu'elle se blottit contre lui, cette nuit-là, elle fut reconnaissante à la vie de sa chance. Elle aimait l'existence qu'ils partageaient avec leurs enfants et avait conscience de leur bonheur. Elle sombra dans le sommeil entre ses bras, alors qu'ils discutaient encore à voix basse et, pour la première fois depuis plusieurs mois, le bal ne lui sembla plus très important, qu'il y assiste ou non. S'il ne venait pas, ce ne serait pas grave. De toute façon, elle l'aimait.

4

Tous les enfants revinrent à la maison pour Thanksgiving. Charlie rentra le mardi, les filles le mercredi. Ils venaient de passer les examens de milieu de trimestre et se sentaient l'esprit libre et léger. Max, qui adorait jouer avec eux, était ravi de les revoir. Le jour même de son retour, Charlie alla le chercher à l'école et l'emmena au zoo de Central Park, où il lui acheta des marrons chauds et un ballon. Le lendemain après-midi, ils allèrent patiner. Ils rentrèrent en pleine forme, les joues rouges et les yeux brillants. Pendant ce temps, les filles étaient arrivées et le dîner fut très animé. Ensuite, Charlie et les jumelles sortirent retrouver des amis. Leur retour redonnait vie à la maison et Olympia était ravie d'avoir tous ses enfants autour d'elle.

Frieda arriva le matin de Thanksgiving, pour aider à préparer le dîner. Harry se chargea de la farce, Olympia fit rôtir la dinde, Frieda s'occupa des légumes, Charlie confectionna les petits pains de maïs, les filles préparèrent les patates douces à la guimauve, et Olympia aida Max à fouetter la crème qu'on servirait avec la tarte aux pommes et au potiron à la fin du repas.

C'était le seul repas de l'année où chacun mettait la main à la pâte. Le résultat fut à la hauteur de leurs efforts. Ils se mirent à table à 18 heures et terminèrent à 20 heures, complètement repus. Comme à l'accoutumée, Olympia avait prévu des plats à part pour Frieda, qu'elle était allée acheter la veille chez un traiteur kasher, et que celle-ci trouva délicieux.

— Je vais devoir jeûner durant les trois prochaines semaines si je veux entrer dans ma robe, remarqua Frieda après la tarte au potiron.

— Moi aussi, dit Virginia.

Un peu plus tôt, Veronica avait annoncé qu'elle avait invité un certain Jeff pour lui servir de cavalier. Elle l'avait rencontré à l'université et il arriverait juste pour le bal.

— J'espère que c'est quelqu'un de sérieux, dit Olympia, un peu inquiète. Tu le connais bien ?

— Suffisamment, répondit Veronica avec désinvolture. Ça fait trois semaines que je sors avec lui.

— Que se passera-t-il si vous rompez avant le bal ? Ça risque d'être un peu embarrassant...

Tout le monde savait qu'un amoureux n'était pas le cavalier idéal, parce que si on cessait de le voir juste avant le bal, on risquait de se retrouver sans personne.

— C'est juste un copain, assura Veronica avec insouciance.

Si elle avait accepté d'aller à la soirée, c'était sans aucun enthousiasme. Elle ne s'y était résignée que pour empêcher son père de supprimer sa contribution aux frais de scolarité. Et elle était toujours furieuse contre lui. De même, elle disait à qui voulait l'entendre qu'elle allait s'ennuyer ferme à ce bal. A l'inverse, sa sœur ne se tenait plus d'excitation. Elle brûlait d'impatience d'y être et avait revêtu sa robe quatre fois, au cours des deux derniers jours, tant elle la trouvait belle. Charlie avait essayé son smoking le soir de son retour, soulagé qu'il lui aille encore. Il était certes un peu serré à la taille mais, pour une soirée, il survivrait.

Veronica leur avait dit que son cavalier voulait faire leur connaissance.

— Comment est-il ? demanda Charlie, intéressé.

Il espérait qu'il s'entendrait bien avec lui et qu'ils auraient des points communs pour pouvoir discuter pendant la répétition et le bal, car la soirée promettait d'être longue pour eux.

— Il fait partie de l'équipe de football et il joue aussi au hockey sur glace, confia Veronica à son frère.

— Nous pourrions peut-être tous aller patiner le lendemain, suggéra Charlie. Ou alors dîner, ou autre chose... Il est content d'aller aux Arches ?

— Je n'en sais rien. Je lui ai demandé de venir et il a accepté. Il n'est pas obligé d'aimer ça. La seule chose qui compte, c'est qu'il soit là.

Veronica refusait d'envisager qu'il puisse y prendre plaisir, puisqu'elle-même était certaine de s'ennuyer. A ses yeux, il était inconcevable qu'il n'en soit pas de même pour lui.

— Est-ce qu'il a déjà été cavalier dans un bal de ce type ? s'enquit leur mère.

Veronica lui jeta un regard hostile.

— Je n'en sais rien. Ça m'étonnerait. Personnellement, une seule fois me suffirait.

— Pourtant, il y a des garçons à qui ça plaît, même si tu as du mal à le croire, répondit Olympia en souriant, heureuse que sa fille ait finalement consenti à se rendre au bal.

— J'ai effectivement du mal à le croire. Pour moi, ça s'annonce d'un ennui mortel.

— Tu seras peut-être surprise de constater à quel point c'est amusant, reprit sa mère d'un ton encourageant.

Virginia, elle, souriait, ravie. Elle était incapable de penser à quoi que ce soit d'autre depuis plusieurs semaines.

La mère de Harry resta avec eux jusqu'à près de minuit et prit un taxi pour rentrer chez elle. En sortant pour l'aider à monter dans le véhicule, Harry constata qu'il neigeait.

Au matin, la ville était recouverte de neige. Après le déjeuner, ils décidèrent d'aller à Central Park. Là, ils s'amusèrent comme des fous en se laissant glisser le long des pentes, assis sur des sacs en plastique qu'ils avaient noués autour de leurs hanches. Olympia riait de plaisir. Les filles jouèrent aux anges en s'étendant dans la neige et en agitant leurs bras de bas en haut aussi loin que possible, laissant ainsi dans la neige des marques qui ressemblaient à des ailes. C'est un jeu qu'elles adoraient depuis leur enfance. Ensuite, ils se rendirent tous au Rockefeller Center pour patiner et dînèrent sur place. De retour à la maison, les trois grands téléphonèrent à leurs amis, fixèrent des rendez-vous et ne tardèrent pas à ressortir pour aller les retrouver. Max était vite monté dans sa chambre, épuisé par cette longue et riche journée, qui s'était achevée par la fabrication d'un bonhomme de neige avec son frère.

— J'ai passé un merveilleux Thanksgiving, murmura Olympia à Harry au moment où ils se couchaient. C'est vraiment formidable d'avoir les enfants à la maison. Ils me manquent tellement quand ils ne sont pas là, ajouta-t-elle. Ça va être long d'attendre les vacances de Noël.

Il était prévu qu'ils rentrent la semaine précédant le bal. Le bal auquel Harry refusait toujours de se joindre, et où elle irait avec Margaret Washington et Frieda. Elle les aimait beaucoup toutes les deux, mais elle aurait préféré avoir Harry à son côté. Pour l'instant, il n'en était pas question. Il restait absolument intraitable. Il voulait montrer à quel point il désapprouvait ce genre d'événement, même s'il savait combien il allait peiner sa femme. Et pourtant, à part Olympia et sa famille, personne ne remarquerait son absence.

C'est le samedi matin que Virginia leur annonça la nouvelle. Elle s'était longuement demandé si elle devait leur en faire part et, à l'issue d'une conversation à cœur ouvert avec Olympia après le petit déjeuner, avait conclu par l'affirmative. Elle n'avait aucun secret pour sa mère et adorait lui raconter sa vie. Olympia soupçonnait quelque chose mais, comme elles ne se voyaient plus tous les jours, Virginia n'avait pu lui en parler. Leur discussion lui permit de la mettre dans la confidence. Elle était tombée amoureuse d'un étudiant de troisième année. C'était le garçon le plus génial qu'elle ait jamais rencontré. Comme le copain que fréquentait Veronica et qui lui servirait de cavalier, il faisait partie de l'équipe de football. Il s'appelait Steve, et Virginia en était follement éprise, à la différence de Veronica qui aimait bien son ami, mais ne le considérait comme rien de plus. Virginia confia à sa mère qu'elle le voyait trois ou quatre fois par semaine depuis trois mois. Elle se demandait s'il pourrait venir au bal, lui aussi. Pour son plus grand bonheur, Olympia lui répondit qu'il n'y avait pas de problème, puisqu'elle avait réservé une table. Comme son frère lui servait officiellement de cavalier, la présence de Steve ne présentait aucun inconvénient. Virginia précisa qu'il venait d'une très bonne famille de Boston et que lui aussi avait un jumeau, qui était étudiant à Duke. D'après tout ce qu'elle confia à sa mère, Steve semblait être un garçon charmant.

Olympia en parla à Harry l'après-midi même. Elle était contente pour sa fille, tout en espérant que ses études ne pâtiraient pas du temps qu'elle passait avec lui. Virginia lui avait dit qu'ils travaillaient ensemble et se stimulaient.

— Elle est si amoureuse de lui... C'est vraiment mignon.

Olympia paraissait ravie. Virginia avait eu de nombreux petits copains quand elle était au lycée. Ses amourettes duraient en général quelques mois. Veronica était beaucoup plus lente à s'attacher et se montrait bien plus difficile. La plupart du temps, elle sortait avec des amis, et elle n'était tombée amoureuse qu'une seule fois. Elle était bien plus prudente et plus intellectuelle que sa sœur. Si les filles se ressemblaient comme deux gouttes d'eau, elles possédaient des caractères complètement différents.

Un peu plus tard dans l'après-midi, Olympia demanda à Veronica ce qu'elle pensait de Steve et celle-ci lui répondit qu'il était plutôt sympa, mais sans marquer d'enthousiasme.

— Tu n'as pas l'air très emballée, fit remarquer Olympia, soucieuse.

Veronica n'étant pas jalouse de nature, elle se demanda si quelque chose clochait ou si Steve n'était pas tout à fait le garçon idéal décrit par Virginia.

— Non, il est potable... Disons que c'est le tombeur du campus, ou qu'il croit l'être. Il a toujours plein de filles à ses basques et il est plutôt imbu de lui-même.

Ce genre de type ne l'avait jamais beaucoup attirée.

— Est-il aussi fou de Virginia qu'elle l'est de lui ? demanda Olympia, que les paroles de Veronica inquiétaient.

— Il dit qu'il l'est, répondit celle-ci, laconique.

Veronica était bien plus cynique et circonspecte que sa jumelle.

— Je n'aime pas les mecs aussi beaux. Généralement, ils sont un peu tordus.

Elle préférait les garçons intelligents et originaux et s'intéressait plus à leurs qualités intellectuelles que physiques. Ceux avec lesquels Virginia sortait étaient toujours d'une beauté saisissante. D'une certaine façon, Olympia pensait toujours à Chauncey en les voyant, comme si Virginia cherchait à retrouver, chez eux, un père toujours insaisissable et peu attentif. Elle semblait folle amoureuse de Steve.

Elle avait confié à sa mère qu'ils couchaient ensemble, en lui jurant qu'ils prenaient toujours leurs précautions. Mais son emballement pour ce garçon tourmentait sa mère, surtout après ce que venait de lui dire Veronica.

— J'ai l'impression que tu ne l'aimes pas, avança Olympia, qui, si c'était le cas, voulait connaître ses raisons.

— Il est sympa, répéta Veronica. Je ne suis pas une fan, c'est tout. Quelqu'un m'a dit qu'il a plaqué pas mal de filles. Je ne voudrais pas que Virginia souffre, ajouta-t-elle avec honnêteté.

Son regard trahissait une certaine inquiétude. Mais elle savait que lorsque Virginia avait une idée dans la tête, il était difficile de la raisonner. Elle-même était également très entêtée.

— Moi non plus, je ne veux pas qu'elle souffre, déclara Olympia. Garde un œil sur elle, s'il te plaît. Fais-lui entendre raison s'il le faut.

Veronica se mit à rire en levant les yeux au ciel.

— Ben voyons... Facile à dire ! Tu sais comment elle est.

En général, la seule chose qu'on pouvait faire pour Virginia, c'était l'aider à recoller les morceaux... après. Quand elle tombait amoureuse, c'était à fond ; et quand venait la fin de l'histoire, tout s'effondrait. En un sens, Veronica était plus solide et plus résistante.

— Et toi ? C'est sérieux avec ce Jeff à qui tu as demandé d'être ton cavalier ?

— Absolument pas, répondit Veronica.

Elle était toujours très secrète sur sa vie amoureuse, même avec sa mère, et parfois même avec Virginia. Elle était comme Charlie. Sur ce point, ils ressemblaient plus à leur père qu'à leur mère. Virginia et Olympia étaient beaucoup plus ouvertes et racontaient tout. Leurs sentiments se lisaient sur leur visage et elles ne pouvaient garder les choses pour elles. C'était ce que Harry appréciait énormément chez Olympia et une des raisons pour lesquelles il était tombé amoureux d'elle.

— C'est juste un copain, rien de plus, affirma Veronica au sujet de Jeff.

— Pourquoi l'as-tu invité au bal ? demanda Olympia avec curiosité, mais non sans appréhension.

Comment savoir si Veronica n'avait pas l'intention de faire un esclandre durant la soirée ? Elle en était bien capable. Mais, en la pressant davantage, Olympia craignait de la contrarier.

— Il fallait bien que j'invite quelqu'un. Tous les autres m'auraient ri au nez, si je leur avais demandé. Sa sœur a été débutante l'année dernière. Il trouve ça stupide, lui aussi, mais je me suis dit qu'il ne se moquerait pas de moi si je lui posais la question. Et il m'a répondu qu'il acceptait.

Il avait ajouté qu'ils pourraient arriver défoncés sur la scène, au moment où elle devait faire sa révérence. Mais elle s'abstint d'en faire part à sa mère.

— Il a l'air normal ? demanda Olympia avec nervosité.

Veronica lui jeta un regard noir.

— Non, maman, répondit-elle avec une irritation évidente, il a trois têtes et un os en travers du nez... Mais oui, il a l'air normal, la plupart du temps ! Il connaît la musique. Il sera présentable pour la soirée.

— Et... le reste du temps, il ressemble à quoi ? poursuivit Olympia avec circonspection.

— Il est plutôt punk, mais sans rien d'excessif. Il se coiffe avec des piques dans les cheveux, mais il dit qu'il n'en avait pas pour l'entrée dans le monde de sa sœur. Il se conduira bien, maman. Ne t'inquiète pas.

— Je l'espère, dit Olympia avec un soupir.

La perspective de la soirée commençait à la stresser et Harry ne serait pas à son côté pour l'aider. Sa table serait pour le moins hétéroclite. Il y aurait Frieda, Margaret Washington et son mari, un autre couple, le nouveau petit ami de Virginia, Chauncey et Felicia. Les filles et leurs cavaliers seraient assis ailleurs.

Olympia fit part de ses inquiétudes à Charlie avant qu'il ne reparte à l'université, et il lui assura que tout irait bien. Il ne s'agissait que d'une soirée. Rien de grave ne pouvait survenir. Les filles feraient leur révérence puis le tour de la salle, leur père danserait avec elles, et le reste de la soirée se passerait à manger, à boire et à danser. Que voulait-elle qu'il arrive ?

— Avec toi, tout a l'air si simple, reconnut-elle en souriant à son aîné.

C'était tout Charlie. Il parvenait toujours à la calmer et à la rasséréner. Il était d'un grand réconfort pour elle. Ne faisant lui-même jamais de vagues, il aplanissait les remous créés par les autres. Soucieux de ses responsabilités d'aîné, il essayait d'arranger les choses et d'être tout ce que son père n'était pas.

— Et ça l'est effectivement, affirma-t-il avec un sourire chaleureux.

Mais derrière ce sourire, elle perçut à nouveau la même tristesse qu'au printemps précédent, après la mort de son ami.

— Tout va bien, pour toi ?

Olympia eut beau plonger son regard au plus profond du sien, elle ne parvint pas à y déchiffrer quoi que ce soit. Elle pressentait, plus qu'elle ne voyait, qu'il lui cachait quelque chose. Elle espérait que ce n'était pas grave. Il avait toujours été posé et réfléchi, même lorsqu'il était enfant.

— Tout va bien, maman.

— Tu es sûr ? Tu es heureux à la fac ?

— Assez heureux, et j'aurai bientôt terminé.

Elle savait qu'il se demandait toujours ce qu'il ferait une fois son diplôme obtenu en juin, et que cela le tracassait. Il devait aller en Californie pour rencontrer l'ami de son père. Il avait décidé de s'y rendre non pas après Noël, comme prévu, mais plutôt durant les vacances de printemps. Il s'était également inscrit à Oxford pour une année de troisième cycle, qu'il ferait avant d'entreprendre des études de théologie à Harvard. Toutes ces possibilités qui s'offraient à lui et les décisions qu'il devait prendre l'affectaient. Il devait maintenant décider de ce qu'il ferait de sa vie. C'était un choix difficile et important pour lui.

— Ne te fais pas trop de souci au sujet de ce que tu feras plus tard. Tu t'en sortiras. Laisse le temps agir et la décision s'imposera d'elle-même.

— Je sais que tout ira bien, maman, dit-il en se penchant pour l'embrasser. Ne te fais pas de souci, toi non plus. As-tu parlé à papa, récemment ?

— Non, pas depuis l'été dernier, quand il était tellement furieux que Veronica refuse d'aller au bal.

— Tu devrais peut-être lui passer un petit coup de fil, juste pour dire bonjour... Que ce ne soit pas trop gênant le soir du bal.

Il savait combien sa mère détestait Felicia et à quel point les relations étaient devenues tendues avec Chauncey.

Pour les trois enfants, le mariage de leurs parents constituait un mystère, car ils se rendaient compte qu'ils n'avaient rien de commun. Qu'ils aient pu passer sept années ensemble en étant si mal assortis était extraordinaire, même si, à vingt-deux ans, Olympia était très différente de ce qu'elle était maintenant. A cette époque, elle était marquée par son éducation au sein d'une famille très conservatrice, et le monde de la haute société que fréquentait Chauncey était également le sien. Charlie avait toujours soupçonné qu'elle l'avait épousé parce que ses parents étaient morts alors qu'elle était à l'université et qu'elle avait besoin de stabilité. Elle s'était mariée pour retrouver une famille.

Mais elle avait évolué au cours des années. Ses idées comme sa manière de penser avaient changé, et Chauncey et elle s'étaient éloignés. A présent, ils vivaient sur deux planètes qui n'avaient rien à voir entre elles. Charlie considérait que le monde de sa mère était plus intéressant. Il aimait beaucoup Harry, qui s'était toujours montré formidable avec lui. Mais il avait aussi une profonde affection pour son père et se montrait d'une loyauté sans faille envers lui, malgré ses manies, ses préjugés, son irresponsabilité et ses œillères. De plus, il jugeait Felicia sotte et inoffensive. Sur ce point, sa mère n'était pas du même avis. Olympia considérait la femme de Chauncey comme stupide, mais méchante.

Cela était dû principalement au fait que Felicia était très jalouse d'elle et ne manquait jamais de lâcher un commentaire idiot chaque fois qu'elles se voyaient, ce qui était heureusement très rare. Charlie savait que ce serait dur pour sa mère de ne pas avoir Harry auprès d'elle lors du bal et il était désolé que son beau-père reste sur ses positions. Il y avait de grandes chances pour qu'il n'en change pas. Charlie s'était promis qu'il ferait tout pour combler l'absence de Harry. Son idée d'appeler Chauncey, de préparer le terrain pour que la soirée se déroule agréablement était excellente. Il savait que son père, sensible aux hommages et aux attentions, serait flatté par cet appel.

— Je l'appellerai peut-être, dit Olympia sans s'engager.

Cette perspective ne l'enthousiasmait pas, mais elle reconnaissait que ce serait une bonne manière d'agir.

— As-tu l'intention d'aller le voir pendant les vacances de Noël ?

— Je pense y passer deux jours, avant notre départ pour Aspen.

Comme chaque année, Harry, Olympia et tous les enfants iraient skier dans le Colorado durant la semaine de Noël. Ils attendaient ce moment avec impatience. Charlie ne l'aurait jamais confié à personne, mais il s'amusait beaucoup plus avec eux qu'avec son père. Il allait le voir par loyauté et par affection, avec l'espoir toujours renouvelé qu'une relation plus profonde s'établirait entre eux. Malheureusement, jusqu'à présent, cela ne s'était jamais produit.

— Papa a acheté de nouveaux chevaux pour le polo et veut me les montrer.

En disant cela, Charlie avait l'air triste. Il savait à quel point son père était déçu qu'il ne veuille pas devenir joueur professionnel. Il aimait monter en sa compagnie et avait participé à une chasse à courre en Europe avec lui, mais il n'avait pas la même passion pour le polo que Chauncey.

— Tu viendras avec des amis, à Aspen ?

Ils louaient une maison là-bas, et Olympia proposait toujours aux enfants d'inviter des amis, car cela rendait le séjour encore plus plaisant pour eux. Après une seconde d'hésitation, Charlie secoua la tête.

— Non. Je skierai avec les filles et Harry.

Olympia restait avec Max sur les pistes pour débutants. Elle était moins bonne skieuse que les autres, en particulier Charlie.

— Si jamais tu changeais d'avis, il n'y a pas de problème. Il y a suffisamment de place pour que tu invites un ou deux copains, ou une copine, ajouta-t-elle en souriant.

Les maisons qu'ils louaient étaient toujours vastes, pratiques et accueillantes, et tous les amis étaient les bienvenus.

— Si je trouve une fille à amener, je te préviendrai.

Il n'avait pas d'aventure en ce moment. Il en avait eu une en seconde année de fac, et quelques-unes au lycée, mais aucune au cours des deux dernières années. Charlie était exigeant. Olympia disait toujours que celle qui conquerrait son cœur devrait avoir de grandes qualités et sortir de l'ordinaire. C'était le plus sérieux de ses enfants. Par moments, il était difficile de croire qu'il avait pour père Chauncey, qui était si superficiel.

Il reprit l'avion pour Dartmouth ce soir-là et les filles repartirent à Brown le lendemain matin. Leurs cours ne recommençaient que le mardi. Avant son départ, Virginia essaya sa robe une dernière fois et passa un long moment à s'admirer dans le miroir. Elle était enchantée. Olympia fut obligée de menacer Veronica pour qu'elle consente à enfiler la sienne, mais elle voulait s'assurer qu'elle lui allait et n'avait pas besoin d'être reprise avant le grand soir. Lorsqu'elles reviendraient à la maison en décembre, il n'y aurait pas assez de temps pour des retouches.

— Vous avez des chaussures, toutes les deux ?

Virginia avait acheté les siennes en juillet : des ballerines en satin blanc, ornées comme sa robe de petites perles. Elles avaient eu de la chance de les trouver. Veronica assura qu'elle avait une paire de sandales habillées dans son placard.

— Tu en es sûre ? insista Olympia.

Toutes les deux avaient des pochettes du soir, de longs gants en chevreau blanc, et le collier de perles avec les boucles d'oreilles assorties qu'elle leur avait offerts pour leurs dix-huit ans. C'était tout ce dont elles avaient besoin.

— Absolument, répondit Veronica en levant les yeux au ciel. Tu te rends compte à quel point cet argent serait mieux employé, si on le donnait aux gens qui meurent de faim ?

— Les deux ne sont pas incompatibles. Harry et moi donnons beaucoup d'argent aux œuvres de charité, Veronica. Je ne connais personne qui fasse plus de bénévolat que lui, et j'en fais aussi. Tu n'as pas besoin de te sentir coupable à cause d'une robe et d'une paire de sandales.

— Je préférerais passer la nuit à travailler dans un centre pour les sans-abri.

— C'est très noble de ta part. Tu pourras expier tes péchés quand nous serons revenus d'Aspen.

Les filles avaient un mois de vacances, et Olympia était certaine que Veronica le passerait presque entièrement de cette manière. A de nombreuses reprises, elle avait travaillé comme volontaire dans des refuges pour sans-abri et dans un centre pour enfants maltraités, et avait participé à des programmes d'alphabétisation. Avec Virginia, c'était une autre histoire. Elle allait passer son mois de vacances à sortir et à faire du shopping.

Olympia ne souhaitait rien d'autre que de voir ses enfants s'aimer et se respecter, quelles que puissent être leurs différences. Jusqu'à présent, c'était ce qui se passait. Malgré leur désaccord au sujet du bal, les filles étaient aussi liées l'une à l'autre qu'à Charlie et à Max. Et il en était de même pour les garçons.

Le lendemain matin, une fois les jumelles parties, Olympia retourna à son bureau.

Harry était allé travailler de bonne heure et Max avait pris le bus de ramassage scolaire. Un grand nombre de messages l'attendait et elle n'eut pas trop de la matinée pour y répondre. Pendant l'heure du déjeuner, elle téléphona à Chauncey. Elle s'était rangée à l'avis de Charlie et trouvait judicieux d'essayer d'instituer un climat serein dans ses relations avec lui, même si ce n'était pas facile. Il avait le don de l'irriter.

C'est Felicia qui répondit et toutes les deux discutèrent à bâtons rompus, surtout des enfants de Felicia et Chauncey. Elle se plaignit de leur école à Newport, qui les obligeait à porter un uniforme, alors qu'elle leur achetait de si mignonnes tenues à Boston et à New York. Mais elle eut la gentillesse de dire qu'elle était impatiente d'assister au bal des filles aux Arches. Olympia la remercia et demanda à parler à Chauncey. Felicia lui confia alors qu'il venait juste de rentrer des écuries pour le déjeuner. Olympia trouvait toujours stupéfiant que son ex-mari se satisfasse de ne pas travailler et se contente de vivre de la fortune familiale. Elle n'imaginait pas mener ce genre d'existence, même si elle en avait les moyens. Elle adorait son métier. De toute sa vie, Chauncey n'avait rien réalisé. Il ne savait que jouer au polo et acheter des chevaux. Au début de leur vie commune, il avait travaillé dans la banque familiale, mais avait rapidement abandonné. Cela demandait trop d'efforts et causait trop de soucis. A présent, il menait une vie oisive sans même s'en cacher et en était parfaitement satisfait. Il était snob jusqu'au bout des ongles.

Il semblait légèrement essoufflé lorsqu'il prit le combiné, car il était rentré en courant. Il fut surpris d'apprendre qu'Olympia était au téléphone. A moins d'un événement grave, elle ne l'appelait jamais. Quand elle avait besoin de le contacter, elle lui envoyait un e-mail.

— Quelque chose ne va pas ? demanda-t-il d'une voix inquiète.

Elle aurait eu la même réaction s'il avait téléphoné. Ils n'avaient pas coutume de se parler. Aucun des deux ne tenait à être en relation avec l'autre. Lui ne comprenait pas qu'elle ait fait des études de droit et épousé un Juif. Elle n'avait pas le moindre respect pour sa manière de vivre ni pour sa femme. Olympia considérait Felicia comme une sotte. Mais Chauncey et elle avaient eu trois enfants ensemble et étaient donc obligés, qu'ils le veuillent ou non, de rester en contact, ne serait-ce qu'à l'occasion d'événements officiels comme le bal des débutantes. Plus tard, il y aurait des mariages, des petits-enfants et des baptêmes, perspective qui ne réjouissait pas plus Olympia que Chauncey. Au fil des années, il s'était mis à la détester et ne parvenait pas non plus à comprendre comment il avait pu l'épouser.

— Non, tout va bien. Je ne voulais pas t'inquiéter. Juste prendre contact avant le grand soir... J'ai du mal à croire que nous y sommes presque. Où logerez-vous ?

— Chez le frère de Felicia. Il est en Europe, pour le moment.

Des années auparavant, Olympia avait entendu parler de cet appartement grandiose situé sur la Cinquième Avenue, avec une terrasse qui offrait une vue extraordinaire sur Central Park et possédait un jacuzzi recouvert d'un dôme de verre. Célibataire endurci, il était légèrement plus âgé que Felicia. Ses liaisons avec des starlettes de Hollywood et des princesses européennes étaient célèbres. Les filles avaient été impressionnées par sa Ferrari, la dernière fois qu'elles l'avaient vu.

— Ça devrait être sympa, dit Olympia avec affabilité. Vous resterez longtemps à New York ?

Elle se demanda si elle devait leur proposer de venir prendre l'apéritif à la maison, mais y renonça aussitôt, sachant que Harry n'en avait pas plus envie qu'elle. Les deux hommes se toléraient à peine. Si Harry se montrait poli envers Chauncey, ce dernier l'ignorait royalement.

— Juste le week-end. Est-ce que Veronica se conduit correctement ? demanda-t-il avec intérêt.

— On le dirait. Elle s'est finalement trouvé un cavalier, un certain Jeff. Elle jure qu'il est convenable. J'espère qu'elle a raison.

— S'il n'est pas présentable, le comité d'organisation le fichera dehors au moment de la répétition. Tu as une idée de qui sont ses parents ?

Il ne demanda pas s'ils figuraient dans le Bottin mondain, mais Olympia savait qu'il brûlait de le faire.

— Pas la moindre. Tout ce qu'elle m'a dit, c'est que sa sœur a été débutante l'année dernière.

C'étaient exactement les paroles que Chauncey attendait. Il ne lui en fallait pas plus. Ses critères étaient assez simples.

— Demande à Veronica le nom de son père. Je pourrais regarder dans le Bottin mondain et voir si je le connais...

Chauncey semblait rassuré. Le Bottin mondain réglait sa vie comme la Bible celle d'autres personnes. Olympia n'en possédait pas d'exemplaire, alors qu'elle et sa famille y figuraient autrefois. Elle en avait été rayée lorsqu'elle avait épousé Harry et avait disparu définitivement de la scène mondaine. Son nom était resté quand elle avait quitté Chauncey mais avait été supprimé au moment de son remariage. Une véritable tragédie pour Chauncey, alors qu'Olympia avait trouvé cela plutôt amusant.

— Je n'ai pas envie de m'attirer les foudres de Veronica. Je suis suffisamment soulagée qu'elle ait accepté d'y aller.

— Je peux l'imaginer ! s'exclama-t-il comme s'ils venaient d'échapper à une catastrophe.

Il ne pouvait pas envisager d'avoir une fille qui ne ferait pas son entrée dans le monde. Pour lui, cela aurait été un désastre.

— Elles ont des robes, je suppose, reprit-il en s'appliquant à user du même ton badin qu'Olympia.

Il était abasourdi qu'elle lui ait téléphoné sans raison particulière et trouvait cela suspect. Mais, s'il s'agissait vraiment d'un appel amical, c'était très gentil de la part de son ex-femme. D'ordinaire, ils ne se contactaient que pour régler un différend, et alors elle sortait ses griffes.

— Elles seront très belles toutes les deux, assura Olympia. Leurs robes sont magnifiques.

— Cela ne m'étonne pas, dit-il gentiment. Tu as bon goût.

Il savait qu'Olympia avait de la classe, bien plus que Felicia qui aimait un peu trop les fanfreluches. Mais il ne l'aurait jamais avoué ni à l'une ni à l'autre.

— Ton mari viendra ? demanda-t-il sans même savoir pourquoi il posait la question.

La réponse lui paraissait évidente ; aussi fut-il surpris lorsqu'elle hésita.

— Eh bien… non, il ne vient pas. Il doit assister à une cérémonie familiale.

Elle se souvint alors que Frieda serait là et préféra se montrer honnête avec lui.

— En fait, ce n'est pas vrai. Il considère que c'est une soirée discriminatoire qui exclut trop de gens en raison de leur couleur de peau ou de leur milieu social. Alors, il ne vient pas.

— C'est vraiment dommage pour toi, dit-il, pour une fois compatissant. Felicia et moi, nous nous occuperons de toi.

Il ne s'était pas montré aussi gentil depuis des années, et Olympia fut heureuse d'avoir suivi le conseil de Charlie. Cela rendait leur relation plus facile et plus chaleureuse, avant le stress et la tension inévitables du grand soir. Et elle en aurait besoin. Les filles seraient sur les nerfs, et elle aussi, sans doute, car elle les aiderait à se préparer, les emmènerait et s'assurerait que tout était en ordre. Sans compter qu'elle ne savait rien du cavalier de Veronica, qu'elle n'avait jamais rencontré, ni de l'attitude que cette dernière aurait durant la soirée. Olympia avait conscience que, jusqu'à l'ultime seconde, sa fille pouvait changer d'avis. Elle priait pour que cela n'arrive pas et avait déjà demandé plusieurs fois à Harry d'éviter de l'influencer et il le lui avait promis.

— Y a-t-il quelque chose que je puisse faire pour vous avant votre arrivée ? demanda Olympia. Si Felicia a besoin d'un coiffeur, le mien est très bien. Je peux prendre rendez-vous pour elle, si elle le souhaite.

— Je crois qu'elle en a un, mais je te remercie. Essaie de te détendre, Olympia, et ne laisse pas les filles te faire tourner en bourrique. On se retrouvera là-bas...

Ils raccrochèrent un instant plus tard et Olympia resta immobile, les yeux fixés sur le téléphone. Elle était si distraite qu'elle ne vit pas Margaret entrer dans le bureau, une pile de dossiers sur les bras.

— On dirait que tu viens de voir un boa constricteur installé sur ton bureau. Tout va bien ?

— Je crois. Il s'agirait plutôt d'un boa constricteur déguisé en agneau... Charlie m'avait suggéré d'appeler son père avant le bal. Je viens juste de le faire et je n'en reviens pas de son amabilité.

Olympia avait l'air sincèrement stupéfaite. Concernant le bal, il se montrait bien plus agréable que Harry. Evidemment, contrairement à Harry, il était dans son élément.

— Les vieux boas constricteurs ont la vie dure, affirma Margaret avec un large sourire.

— J'imagine. Il n'a jamais été aussi aimable depuis quinze ans. Je suppose qu'il est heureux que les filles fassent partie des débutantes. Pour lui, c'est un événement important.

— Mais c'est un événement important. Elles devraient bien s'amuser, et peut-être que tu t'amuseras aussi. J'attends cette soirée avec impatience, moi qui ne suis jamais allée à un tel bal ! J'ai même acheté une nouvelle robe.

— Moi aussi.

Olympia sourit à son amie, reconnaissante du soutien qu'elle lui apportait. Elle ne pouvait pas en dire autant de Harry. Pourquoi en faisait-il une telle histoire ? La seule qui pâtissait de son intransigeance, c'était elle.

— Est-ce que Harry a fini par céder ? demanda Margaret en posant les dossiers sur le bureau d'Olympia.

Elle voulait la consulter à leur sujet.

— Non. Je ne crois pas qu'il changera d'avis. Nous avons tous essayé, mais j'ai déclaré forfait. Heureusement, pour une fois, Chauncey se conduit correctement. Encore que Dieu seul sache comment il se comportera le soir du bal...

Il avait tendance à boire beaucoup, même si, selon des amis, il buvait moins qu'à l'époque de leur mariage. Il avait été très fréquemment ivre lorsqu'ils étaient mariés. Au début, cela le rendait charmeur et amoureux ; plus tard, il était devenu méchant et hargneux. Il était impossible de prévoir son attitude après quatre martinis et une bouteille de vin ou une fois qu'il aurait attaqué le cognac. Pour le moment, en tout cas, il se montrait charmant, et ce serait à Felicia de le contrôler s'il abusait de la boisson. Ce n'était plus le problème d'Olympia, Dieu merci. Felicia buvait beaucoup, elle aussi. C'était un autre de leurs traits communs. Olympia, elle, n'avait jamais été très portée sur l'alcool, et Harry non plus.

— Ne t'inquiète pas, Ollie. Je serai là pour t'aider, la rassura Margaret.

— J'en aurai besoin !

Olympia prit les dossiers et Margaret s'assit pour les étudier avec elle. Sans savoir pourquoi, Olympia avait l'impression que, malgré sa conversation agréable avec le père de ses filles, la soirée aux Arches serait encore plus éprouvante qu'elle ne le craignait. Surtout sans le soutien de Harry.

5

Le week-end précédant le bal, Olympia se réveilla avec une forte fièvre. Il y avait deux jours qu'elle se sentait malade. La gorge irritée, le nez bouché, le ventre douloureux, elle était dans un piteux état le samedi soir et avait près de 39°. Elle allait à peine mieux le dimanche matin, et son ventre la faisait tellement souffrir qu'elle avait les larmes aux yeux quand elle descendit dans la cuisine. Harry préparait le petit-déjeuner de Max. Elle remarqua aussitôt que le petit garçon avait le visage congestionné. Dès qu'il eut fini de manger, elle prit sa température. Il avait 39,4° et se plaignait que son ventre « le grattait ». En l'examinant, Olympia vit qu'il était couvert de petits boutons. Elle regarda immédiatement dans son livre de puériculture et eut la confirmation de ce qu'elle soupçonnait : Max avait la varicelle.

— Zut ! s'exclama-t-elle en refermant le manuel.

S'il était bien une semaine où ils ne pouvaient pas se permettre d'être malades tous les deux, c'était celle-ci. Elle avait besoin de toute son énergie, car une pile de nouveaux dossiers l'attendait au bureau et Margaret n'était pas là. De plus, elle détestait laisser Max à une baby-sitter quand il était malade. Elle téléphona au pédiatre, qui lui recommanda de baigner le petit garçon en ajoutant à l'eau une poudre qu'il lui indiqua, de l'enduire de lotion calmante et de le garder au lit. Il n'y avait rien d'autre à faire. Par chance, elle eut moins de fièvre le dimanche soir. Elle se sentait encore mal en point mais, au moins, elle ne souffrait que de la grippe ou d'un mauvais rhume et en serait débarrassée, espérait-elle, quelques jours plus tard. Charlie rentrait le mardi soir et l'aiderait à garder Max. Les filles, elles, étaient attendues le mercredi après-midi.

Quand elle téléphona le dimanche soir, Virginia semblait affreusement malade. Elle lui annonça qu'elle avait une bronchite, mais à l'entendre tousser, on aurait pu croire que c'était plus grave.

— Reste couchée demain, lui conseilla sa mère.

— Je ne peux pas, j'ai des partiels, répondit Virginia en fondant brusquement en larmes.

— Tu ne peux pas les sécher et aller à la session de rattrapage ? suggéra Olympia. Tu as l'air trop mal en point pour sortir.

— Elle a lieu vendredi. Si j'y vais, je ne serai pas à la maison avant la nuit, répondit Virginia en sanglotant de plus belle.

Elle se sentait très mal mais ne voulait pas manquer le bal.

— Tu n'as peut-être pas d'autre choix.

— Et si j'ai le nez tout rouge le soir du bal ?

— Ce serait un moindre mal. Va à l'infirmerie et vois s'ils peuvent te mettre sous antibiotiques pour éviter que tu ne développes une infection et ne tombes vraiment malade. Ça devrait aider.

Elle les avait fait vacciner toutes les deux contre la méningite avant leur départ pour l'université, en septembre ; elle savait donc que ce n'était rien de plus qu'un mauvais rhume ou, au pire, une bronchite, et que les antibiotiques l'empêcheraient de tourner à la pneumonie. Mais Virginia semblait à l'agonie. Jusqu'à présent, Veronica n'était pas touchée mais, comme elle partageait la chambre de sa sœur, Olympia n'aurait pas été surprise qu'elle tombe malade à son tour.

— Max a la varicelle, annonça-t-elle d'une voix morne. Heureusement que vous l'avez tous eue. Il ne nous manquerait plus que ça ! Le pauvre petit se sent vraiment mal, lui aussi. Nous sommes tous dans un état lamentable... ajouta-t-elle sombrement.

La semaine s'annonçait cauchemardesque, avec presque toute la famille malade.

Le lundi, elle se sentit mieux, contrairement à Max, dont l'état s'était aggravé. Virginia appela pour dire qu'on lui avait prescrit des antibiotiques. Olympia espérait qu'elle irait mieux à la fin de la semaine. Elle s'était présentée à ses partiels, et fondit en larmes en lui disant qu'elle était persuadée d'avoir tout raté. En plus, Steve l'avait déçue, mais il était toujours d'accord pour venir au bal. Olympia n'était pas sûre de devoir s'en réjouir ; malheureusement, elle n'avait pas le temps de demander des détails à Virginia, la baby-sitter venait juste d'arriver et elle devait partir travailler.

Au bureau, elle passa la journée à se moucher. Son nez ne cessait de couler, elle avait la migraine, mais son ventre la faisait moins souffrir. Elle appela la baby-sitter toutes les heures pour avoir des nouvelles de Max. Il se sentait mieux, mais, à la fin de la journée, il était couvert de boutons. La semaine allait être difficile.

La neige avait commencé à tomber ce matin-là, et, dans l'après-midi, une dizaine de centimètres recouvraient la ville. On annonça à la radio que les écoles resteraient fermées le lendemain, car il devait encore tomber vingt-cinq centimètres de neige pendant la nuit et, vers 17 heures, l'alerte au blizzard était donnée. Olympia appela sa belle-mère pour lui demander si elle avait besoin de quelque chose. Elle ne voulait pas qu'elle sorte et risque de glisser sur le sol gelé, quand les températures dégringoleraient. Mais, quand elle composa son numéro, il n'y eut pas de réponse et elle n'eut pas le temps de la rappeler. Quand elle quitta son bureau, il était plus de 18 heures. Après avoir failli mourir de froid en attendant un taxi, elle rentra chez elle trempée jusqu'aux os et transie. Calé contre ses oreillers, Max regardait un DVD.

— Bonsoir, mon poussin. Comment vas-tu ?

— Ça me gratte, répondit-il, l'air malheureux.

Sa température était remontée mais, heureusement, pas celle d'Olympia. Elle avait passé une dure journée au bureau et, pour couronner le tout, en rentrant, elle avait trouvé un message de Harry, qui prévenait qu'il ne serait pas à la maison avant 21 heures en raison d'une urgence au travail. Olympia avait hâte que Charlie arrive, le lendemain. Il pourrait l'aider à distraire Max, qui était fiévreux et grognon. Olympia se sentait dépassée par les événements, et l'absence de Harry alors qu'elle-même n'était pas très bien n'arrangeait rien.

Elle réchauffa du potage et glissa une pizza surgelée au four pour Max et pour elle, non sans se moucher à peu près cinquante fois. Elle venait de le border dans son lit, d'éteindre sa lampe et de gagner sa chambre en rêvant d'un bain chaud, quand le téléphone sonna. Dehors, il neigeait toujours à gros flocons. C'était Frieda, qui s'excusa de la déranger. Sachant que Max avait la varicelle, elle voulait avoir de ses nouvelles.

— Le pauvre est dans un état pitoyable. Je ne pensais pas qu'on pouvait avoir autant de boutons. Il en a jusque dans les oreilles, le nez et la bouche.

— Pauvre trésor ! Et ton rhume ?

— Affreux, admit Olympia. J'espère en être débarrassée d'ici samedi soir.

— Oui, je l'espère pour toi, répondit Frieda d'une voix bizarre.

Pour la première fois de sa vie, Olympia eut l'impression que sa belle-mère était ivre. Elle ne l'avait pas remarqué tout de suite, mais il était évident qu'elle avait des difficultés à articuler. L'espace d'un instant, Olympia pensa à une attaque. Frieda avait eu une crise cardiaque cinq ans auparavant.

—Vous vous sentez bien ? demanda-t-elle d'un ton inquiet.

— Oui... Oui... Je...

Elle hésita, et sa belle-fille perçut un tremblement dans sa voix.

—J'ai eu un petit accident, cet après-midi, reprit-elle, embarrassée.

Elle tenait à son indépendance. Elle se débrouillait bien toute seule et ne voulait pas être une charge pour quiconque. Elle prévenait rarement quand elle était malade, se contentant d'en parler quelques jours ou quelques semaines plus tard.

— Quel genre d'accident ? demanda Olympia en se mouchant.

Il y eut un long silence, au point qu'elle crut, un instant, que sa belle-mère s'était endormie. Elle semblait vraiment sous l'empire de la boisson.

— Frieda ? insista-t-elle.

—Désolée... Je me sens un peu somnolente. Je suis allée chercher des provisions avant que la tempête s'aggrave et j'ai glissé sur la glace. Mais tout va bien, maintenant.

A l'entendre, Olympia en doutait.

— Que s'est-il passé ? Vous vous êtes fait mal ?

— Rien de grave, assura Frieda. Je serai rétablie dans quelques jours.

— Rétablie ? Vous avez vu un médecin ?

De nouveau un long silence, avant qu'elle ne réponde :

— Je me suis cassé la cheville, avoua-t-elle avec un dépit mêlé d'agacement. J'ai glissé sur une plaque de verglas en descendant du trottoir. C'est tellement idiot... Franchement, j'aurais dû faire attention.

— Oh, mon Dieu, mais c'est terrible ! Vous êtes allée à l'hôpital ? Pourquoi ne m'avez-vous pas appelée ?

— Je sais à quel point tu es occupée au bureau. Je ne voulais pas t'embêter. J'ai essayé de téléphoner à Harry, mais je n'ai pas pu le joindre. Il était en réunion.

— Il y est toujours, dit Olympia, désolée d'apprendre l'accident de sa belle-mère et navrée de n'avoir pu être présente pour l'aider. Vous auriez dû me prévenir, Frieda.

Dire qu'elle était allée seule aux urgences !

— On m'a mise dans une ambulance et transportée à l'hôpital.

Ç'avait été une aventure, et elle y avait passé tout l'après-midi.

— Vous êtes plâtrée ?

Olympia était consternée. Ce qui arrivait à Frieda était bien pire que la varicelle de Max, la bronchite de Virginia ou son propre rhume.

— Jusqu'au genou.

— Comment êtes-vous rentrée chez vous ?

— Je ne suis pas rentrée.

— Vous n'êtes pas rentrée ? Mais où êtes-vous ? demanda Olympia avec une consternation grandissante.

— Je suis encore à l'hôpital. Ils ne voulaient pas que je rentre seule à la maison. Je vais avoir des béquilles pendant quelques semaines. J'ai vraiment de la chance de ne pas m'être cassé le col du fémur.

— Oh, mon Dieu ! Frieda ! Je vais venir vous chercher, pour vous installer ici, avec nous.

— Je ne veux pas vous ennuyer. Cela ira mieux demain. Et j'ai bien l'intention d'aller quand même au bal !

— Bien sûr que vous irez. Nous vous trouverons un fauteuil roulant, assura Olympia tout en prenant conscience de la difficulté supplémentaire que cela créerait.

— Je marcherai, affirma Frieda avec détermination.

On l'avait pourtant prévenue qu'elle ne pourrait pas s'appuyer sur son pied gauche pendant plusieurs semaines. Elle allait devoir sautiller, aidée de ses béquilles. Mais elle était encore déterminée à ne pas déranger qui que ce soit. Comme toujours, elle voulait se débrouiller seule.

— Je vais passer vous chercher. Vous avez eu la varicelle ?

— Je crois que oui. Ce n'est pas ça qui m'ennuie...

Olympia savait qu'ils ne pouvaient pas la laisser seule chez elle. Elle risquait de tomber et de se casser autre chose. Il fallait qu'elle vienne chez eux.

— ... Je ne veux pas vous ennuyer, vous et les enfants, ajouta Frieda.

En l'entendant, Olympia comprit qu'on avait dû lui donner un médicament contre la douleur.

— Vous ne nous ennuyez pas, et je ne veux pas que vous restiez là-bas. Est-ce qu'on vous laisserait partir ce soir ?

— Je pense que oui, répondit Frieda d'un ton vague.

— Je vais téléphoner à l'infirmière pour le lui demander et je vous rappelle.

Olympia nota le numéro de sa chambre, le nom du service où elle se trouvait, ainsi que les coordonnées de l'infirmière. Les calmants n'avaient pas altéré la lucidité de Frieda et elle ne cessait de s'excuser d'être une source d'embarras.

— Pas du tout, lui répéta Olympia avant de raccrocher.

Elle essaya de joindre Harry à son bureau, mais sa secrétaire était partie et sa ligne directe était sur boîte vocale. Il était plus de 20 heures.

Quand elle appela l'hôpital, on lui assura que Frieda allait bien et qu'on ne la gardait pour la nuit que parce qu'elle vivait seule. On lui avait donné un sédatif car elle souffrait beaucoup, mais il n'y avait aucune raison particulière de la retenir. Pour une femme de son âge, elle était en très bonne forme et avait tous ses esprits. L'infirmière ajouta que c'était une adorable vieille dame, ce qu'Olympia confirma. Elle téléphona ensuite à la baby-sitter et lui demanda si elle pouvait revenir pour une heure. Celle-ci accepta et arriva vingt minutes plus tard. En l'attendant, Olympia transforma le petit bureau du rez-de-chaussée en chambre pour Frieda. Il possédait un cabinet de toilette, un poste de télévision et un canapé transformable, car il servait parfois de chambre d'amis. Olympia voulait que sa belle-mère reste chez eux aussi longtemps qu'il le faudrait et elle savait que Harry serait du même avis. Elle partit à 20 h 30 et fut de retour avec Frieda une heure plus tard. Harry n'était toujours pas rentré.

Après avoir installé confortablement la vieille dame dans sa chambre, elle lui apporta une collation, alluma la télévision, puis l'aida à faire sa toilette avant de la mettre au lit. A 22 heures, Olympia était dans sa propre chambre quand Harry rentra et la rejoignit, l'air épuisé. Il avait eu une journée épouvantable, avec une affaire qui avait mobilisé toute la presse – ce dont lui et les autres juges se seraient bien passés.

— Qui est dans le petit bureau ?

Il supposait qu'il s'agissait d'un des amis de Charlie.

— Ta mère, répondit Olympia en se mouchant pour la centième fois de la journée.

Après son expédition à l'hôpital, son rhume s'était considérablement aggravé.

— Ma mère ? Qu'est-ce qu'elle fait là ? demanda-t-il, perplexe.

— Elle s'est cassé la cheville. On l'a transportée en ambulance à l'hôpital. Je l'ai ramenée ici il y a juste une demi-heure.

Harry eut l'air abasourdi.

— Tu parles sérieusement ?

— Oui, répondit Olympia en se mouchant de nouveau. Elle ne peut pas rester seule chez elle. Elle a un plâtre et des béquilles. Je crois qu'elle devra rester ici un petit moment.

Harry sourit tendrement à sa femme. Elle ne le laissait jamais tomber.

— Elle est éveillée ?

— Elle l'était il y a quelques minutes, mais les calmants l'ont un peu assommée. La pauvre, elle a dû souffrir le martyre. Je lui ai dit de nous appeler par le téléphone intérieur si elle avait besoin de quelque chose et de ne pas essayer d'aller aux toilettes toute seule. Tu la connais, demain matin elle serait capable de nous préparer le petit-déjeuner. Il va falloir l'attacher dans son lit !

— Je vais descendre voir si tout va bien. Je t'aime. Merci d'être aussi gentille avec elle, murmura-t-il en se retournant avant d'atteindre la porte.

Olympia lui rendit son sourire.

— C'est la seule mère que nous ayons...

— Tu es la meilleure épouse du monde.

Il revint dix minutes plus tard, impressionné par la taille du plâtre de sa mère et par les béquilles posées à côté de son lit. Elle dormait déjà d'un profond sommeil.

— J'ai éteint la télévision et laissé une lampe allumée. Elle dort comme un loir. Son plâtre, c'est quelque chose !

— Ils m'ont dit que c'était une mauvaise fracture. Elle a eu de la chance que ce ne soit pas le col du fémur. Si on peut appeler ça de la chance... Comment s'est passée ta journée ?

— A peine mieux que la sienne. La presse nous rend dingues avec cette affaire. Tu as l'air épuisée... Comment te sens-tu ?

— Comme j'en ai l'air. J'espère que Charlie va pouvoir rentrer, malgré le mauvais temps. Je vais vraiment avoir besoin de son aide, cette semaine.

— Je suis désolé de ne pas pouvoir prendre une journée. Mais ça m'est totalement impossible en ce moment.

— Je le sais, le rassura-t-elle. C'est pareil pour moi. J'ai du travail par-dessus la tête et Margaret a pris sa semaine car sa mère doit subir une ablation du sein.

— Seigneur, crois-tu que tu vas t'en sortir ?

— Je l'espère bien !

La famille étant déjà pourvue d'une varicelle, d'une fracture de la cheville et de deux gros rhumes, Olympia croisait les doigts pour que Veronica n'attrape rien avant le bal. Elle espérait que Virginia irait mieux d'ici samedi.

— Si tu veux dormir dans la chambre de Charlie, ce soir, il n'y a pas de problème. Je ne veux pas que tu attrapes mon rhume. C'est une vraie cochonnerie.

— Ne dis pas de bêtises. Tu ne vas pas me contaminer. Je ne suis jamais malade.

— Chut ! dit-elle en posant son index sur ses lèvres. Ne dis pas ça !

Il éclata d'un rire moqueur, alla prendre une douche et la rejoignit au lit une demi-heure plus tard. Olympia était allée voir Max, qui dormait profondément.

— On dirait que la maison va devenir une infirmerie, cette semaine, dit Harry en se blottissant contre elle.

Elle lui tournait le dos pour ne pas lui passer son virus. Il l'entoura de ses bras. C'était réconfortant de le sentir tout près d'elle.

— Je suis désolée pour ta mère. Ce n'est vraiment pas de chance.

— Elle a au moins une chance, c'est de t'avoir, Ollie. Et moi aussi. Je te suis très reconnaissant de tout ce que tu fais pour elle. Tu es merveilleuse.

— Merci, murmura-t-elle en glissant peu à peu dans le sommeil entre ses bras. Dans ton genre, tu n'es pas mal non plus.

— J'essaierai de rentrer tôt, demain, promit-il.

Elle hocha la tête. Quelques secondes plus tard, elle dormait.

6

Le lendemain matin, Olympia était toujours aussi enrhumée mais, au moins, son état n'avait pas empiré. Elle descendit à 6 heures pour aller voir Frieda. Sa belle-mère dormait profondément et rien n'indiquait qu'elle s'était levée pendant la nuit. Elle semblait ne pas avoir bougé d'un pouce depuis qu'elle s'était couchée. Olympia lui avait prêté l'une de ses chemises de nuit. Elle était un peu courte pour Frieda, y compris aux manches. Ses bras reposaient sur la couverture et on pouvait voir le tatouage qu'elle s'efforçait toujours de cacher. Les rares fois où elle l'apercevait, Olympia était bouleversée. Il lui était impossible d'imaginer ce que ces années avaient été pour Frieda. Savoir qu'elle avait survécu ne manquait jamais de l'émouvoir.

Après être sortie de la pièce sur la pointe des pieds, elle alla prendre sa douche.

Harry finissait de s'habiller. Il devait être de bonne heure au bureau pour une conférence de presse. A 7 heures, au moment où Olympia se peignait, Max s'éveilla. Il semblait plus en train, même s'il avait autant de boutons que la veille.

— Comment vont tes malades ? s'enquit Harry en enfilant sa veste et en rajustant sa cravate.

— Max dit qu'il se sent mieux et ta mère dort encore.

— Tu vas t'en sortir ? demanda-t-il, l'air inquiet.

Olympia se mit à rire.

— J'ai le choix ?

— Je suppose que non, reconnut-il, contrit.

Le seul point positif dans l'accident de sa mère était qu'elle ne pourrait pas aller au bal avec un plâtre et des béquilles, et cela le soulageait, car il avait maintenant l'excuse de devoir rester à la maison pour s'occuper d'elle. Olympia ne pouvait pas le deviner, mais il culpabilisait depuis des semaines, même s'il restait campé sur sa décision. Avec ce qui venait de lui arriver, sa mère était bloquée à la maison et cela lui évitait de passer pour le dernier des égoïstes. Il avait finalement l'impression d'avoir de la chance.

160

— Ne t'inquiète pas. La baby-sitter sera là dans une demi-heure. Elle pourra s'occuper de nos deux malades. Et Charlie sera à la maison ce soir. Il pourra nous donner un coup de main jusqu'à l'arrivée des filles. Ensuite, nous pourrons tous nous relayer à leur chevet.

Harry hocha la tête, sans être toutefois convaincu par l'optimisme d'Olympia au sujet des filles. Virginia n'avait pas vraiment la réputation d'être serviable ; quant à Veronica, si elle était dans de bonnes dispositions et n'avait pas d'autres projets, elle proposerait peut-être son aide... A condition qu'il n'y ait pas de marche de protestation à laquelle elle se sentirait obligée de participer, ni de piquets de grève exigeant son soutien, ni d'enfant maltraité ou de sans-abri qui auraient besoin d'elle. Aider sa famille venait assez loin dans sa liste de priorités et, comme eux tous, elle comptait sur sa mère pour s'occuper de tout. D'une façon ou d'une autre, Olympia réussissait toujours à se débrouiller, ce qui était une source de culpabilité supplémentaire pour Harry. Cinq minutes plus tard, après un rapide baiser et la promesse de rentrer dès qu'il le pourrait, il partit travailler.

Olympia fit des pancakes à Max, l'installa devant un DVD puis alla jeter un nouveau coup d'œil dans le petit bureau. Frieda dormait toujours quand la baby-sitter arriva. Après l'avoir accueillie avec reconnaissance, Olympia lui fit part de l'état des deux malades, prit son attaché-case et se précipita dehors. Il y avait trente centimètres de neige au sol, mais la tempête avait enfin cessé. Comme chaque fois en cas d'intempéries de ce genre, il lui fallut une demi-heure pour trouver un taxi. Cet après-midi-là, quand Margaret téléphona au bureau et lui demanda comment ça allait, Olympia ne put s'empêcher de rire.

— Eh bien, Max a la varicelle, Frieda s'est cassé la cheville hier et est chez nous, j'ai le rhume du siècle et Virginia a une bronchite. Heureusement, Charlie rentre à la maison ce soir.

— Si je comprends bien, tout est pour le mieux !

— Tu parles ! C'est un enchaînement de calamités ! J'espère simplement qu'il n'arrivera rien aux filles d'ici samedi. Après, nous pourrons tous nous effondrer.

— Harry peut t'aider ?

— Pas vraiment. Il a un travail fou et doit gérer une grosse affaire.

— Je sais, j'ai vu sa conférence de presse ce matin. Je venais juste de décider que je le détestais parce qu'il n'allait pas au bal, et voilà qu'à cause de ses prises de position, je l'adore à nouveau. C'est vraiment un homme bien, même si je le trouve en dessous de tout de ne pas t'accompagner samedi.

— On ne peut pas tout avoir, je suppose, soupira Olympia. Moi aussi, je l'aime. J'admire les causes qu'il défend et j'apprécie qu'il ne déroge jamais à ses principes. Même si cela implique son refus d'aller au bal. C'est le revers de la médaille. Par chance, Chauncey est charmant pour le moment. Pourvu que ça dure !

— Si jamais il te fait des misères samedi, je lui donnerai des coups de pied.

— Comment va ta mère ?

— Elle s'en sort mieux que je ne le pensais. Cette génération est vraiment solide, il faut le reconnaître. Ce sont des dures à cuire. Moi, je serais réduite à l'état de loque ; elle, elle est heureuse d'être en vie.

— Frieda est comme ça, elle aussi. Hier soir, elle ne pensait qu'à s'excuser d'être un fardeau pour nous. Une fois que Max ira mieux et ne sera plus contagieux, ils pourront au moins se tenir compagnie. Je crois

163

que ça ne saurait tarder, mais je préfère en être sûre. Je ne voudrais pas qu'elle attrape un zona.

— Il ne manquerait plus que ça !

Margaret était impressionnée par la manière dont Olympia réussissait à tout gérer. Enfants, travail, mari, crises diverses... Elle parvenait toujours à trouver une solution. Cela semblait être le lot des femmes actives : géniales au bureau et infatigables à la maison. Pour Margaret, cela faisait trop à assumer et c'est la raison pour laquelle elle avait choisi de ne pas avoir d'enfants. Elle conciliait travail et mari sans problème, mais quatre enfants, comme Olympia, ou même un seul, elle en aurait été incapable. Elle n'avait ni animal domestique ni plantes. Son travail lui suffisait déjà largement. Heureusement, son mari était parfait : il s'occupait de la maison, organisait leurs sorties et se chargeait de la cuisine. Elle n'avait qu'à mettre les pieds sous la table lorsqu'elle rentrait chez elle.

— Si je peux faire quelque chose pour t'aider, n'hésite pas, proposa-t-elle à Olympia.

Mais celle-ci la savait déjà très occupée avec sa mère. Elle se réjouissait simplement de sa présence samedi soir. Entre les filles qui seraient surexcitées et à cran, le cavalier de Veronica à garder à l'œil, Frieda avec des béquilles ou dans un fauteuil roulant et un ex-mari qui pouvait à tout moment ouvrir les hostilités, Olympia risquait de devenir folle.

Malgré un dossier de dernière minute à traiter, elle parvint à partir tôt et à être chez elle à 17 heures. Quand elle entra dans le petit bureau, Max était assis sur le canapé à côté de Frieda, dont la jambe plâtrée reposait sur une chaise, et Charlie buvait du thé.

— Eh bien, voilà un petit groupe qui a l'air douillettement installé ! Bonsoir, mon grand, dit-elle en embrassant Charlie avec un large sourire.

Elle ne cachait pas son bonheur de l'avoir à la maison, et lui aussi paraissait heureux de la revoir. Max était encore couvert de boutons, mais le médecin avait assuré qu'il n'était plus contagieux. Frieda avait donc pu profiter de sa compagnie tout l'après-midi. Charlie venait juste d'arriver, quelques heures plus tôt que prévu.

— Comment vous sentez-vous, tous les deux ? demanda Olympia aux deux malades.

— Mieux, assura Max avec un grand sourire.

— En pleine forme, déclara Frieda en regardant ses deux petits-fils. Je voulais préparer le dîner pour vous tous, mais Charlie m'en a empêchée.

— Je l'espère bien, dit Olympia en jetant un regard de gratitude à son aîné. Nous commanderons un repas chinois. Ce sera plus simple.

Ils restèrent à bavarder jusqu'au retour de Harry, une heure plus tard. Sa journée s'était bien passée et lui aussi était heureux de voir Charlie. Tous deux allèrent dans la cuisine boire une bière, pendant qu'Olympia montait dans sa chambre se changer. Assis à regarder la télévision auprès de sa grand-mère, Max était content de son sort. Même si elle continuait à s'excuser de les déranger, Frieda appréciait d'être parmi eux.

Le dîner se déroula dans une atmosphère de fête, puis les deux malades regagnèrent leur chambre et Harry alla vaquer à ses occupations. Charlie resta seul avec sa mère. Quelque chose semblait le préoccuper, mais quand Olympia lui demanda si c'était le cas, il lui assura qu'elle se faisait des idées. Après avoir promis de tenir compagnie à Max et à sa grand-mère le lendemain, il sortit avec des amis. Avant qu'il ne parte, Olympia lui rappela l'accident de

166

Frieda en lui recommandant d'être prudent. Le temps s'était un peu radouci dans la journée et ce qui restait de neige se transformait en boue, qui gelait la nuit. Charlie la regarda en souriant : quelquefois, sa mère le traitait comme s'il avait encore cinq ans.

Ce ne fut qu'après s'être assurée que Frieda ne manquait de rien, avoir bordé Max dans son lit, nettoyé la cuisine et pris un bain qu'Olympia interrogea Harry, au moment où ils se couchaient.

— Comment trouves-tu Charlie ? lui demanda-t-elle, soucieuse.

— Bien, pourquoi ? Il a l'air de s'amuser avec son équipe de hockey. Et je le trouve plus serein vis-à-vis de ses projets d'avenir. Ce soir, il avait l'air plus décontracté qu'à Thanksgiving.

— Je n'arrive pas à savoir de quoi il s'agit, mais je suis certaine que quelque chose le tracasse, dit-elle avec l'instinct aiguisé d'une mère.

— C'est quelque chose qu'il a dit, qui te donne cette impression ?

— Non. Il affirme qu'il va bien. Mon imagination me joue peut-être des tours, mais je suis néanmoins convaincue qu'il est préoccupé.

— Cesse de chercher des motifs d'inquiétude, la gronda gentiment Harry. S'il a des ennuis, il te le dira, comme il l'a toujours fait.

Bien que réservé, il était très proche de sa mère.

— Tu as peut-être raison, concéda Olympia sans grande conviction.

Elle en parla à Frieda le lendemain, quand elle rentra à la maison après sa journée de travail.

— C'est drôle que tu m'en parles, dit celle-ci, pensive. Je ne sais pas pourquoi, mais j'ai eu la même impression hier, alors qu'il prenait le thé avec moi. Je ne saurais dire s'il est soucieux ou triste. Il semble préoccupé. Peut-être qu'il s'inquiète de ce qu'il fera une fois son diplôme obtenu.

— J'ai l'impression qu'il est comme ça depuis que son ami s'est suicidé, au printemps dernier. Je reste persuadée qu'il y a un rapport. Je sais qu'il avait demandé une aide psychologique, à l'université. Peut-être y a-t-il quelque chose... ou peut-être rien. Harry pense que je me fais des idées.

La tasse de thé qu'elle prenait avec sa belle-mère constituait le seul moment paisible de sa journée. Frieda lui disait toujours qu'elle en faisait trop. Mais il ne

168

pouvait en être autrement avec son métier d'avocate, son petit garçon, son mari, et ses trois grands enfants. Elle devait jongler, en équilibre précaire, du matin jusqu'au soir.

— Les hommes ne voient jamais les choses du même œil, reprit Frieda, qui pensait toujours à Charlie. Ce n'est probablement pas grave. Sans doute s'inquiète-t-il tout simplement de son avenir. C'est un moment difficile pour la plupart des jeunes. Que cela leur plaise ou non, ils sont obligés de quitter le nid et de grandir. Il se sentira mieux une fois qu'il aura décidé : accepter le poste en Californie, trouver un travail ici, entreprendre des études de théologie ou aller à Oxford. Ce sont tous de bons choix, mais tant qu'il n'aura pas pris sa décision, il sera probablement sur les nerfs.

— Je crois que vous avez raison. Je me souviens comme j'étais inquiète à la fin de mon premier cycle. Je n'avais personne pour me soutenir. C'est alors que j'ai épousé Chauncey, en pensant que j'étais sauvée. Et je me suis trompée.

— Tu étais trop jeune pour te marier, assura Frieda, les sourcils froncés.

Elle-même était pourtant encore plus jeune quand elle avait épousé le père de

Harry. Mais les choses étaient différentes, alors ; ils avaient subi la guerre, survécu à l'horreur des camps et mené une vie qui n'avait rien à voir avec celle d'aujourd'hui. Pendant la guerre, on grandissait vite. Sa jeunesse avait pris fin dans le camp de concentration de Dachau.

— Au moins, il m'en reste trois enfants, répondit Olympia avec philosophie, ce qui fit sourire Frieda.

— C'est vrai. Charlie est un garçon formidable, et les filles sont géniales, elles aussi.

Frieda aimait les enfants d'Olympia tout autant que Max et ne faisait pas de différences entre eux.

— J'ai bien l'intention d'aller au bal, tu sais, dit-elle alors en regardant sa belle-fille d'un air résolu. Tu peux dire ce que tu veux, je ne manquerais ça pour rien au monde.

Si seulement Harry avait les mêmes idées ! songea Olympia tandis que Frieda ajoutait :

— Harry m'a dit que je devrai rester à la maison avec lui. Je lui en veux de ne pas y aller, mais c'est son problème s'il veut se rendre ridicule avec son entêtement stupide. Moi, j'irai. Et c'est ce que je lui ai dit.

Une lueur décidée brillait dans son regard. Olympia l'observa en souriant.

— Je m'apprêtais à essayer de vous en dissuader. Mais j'ai comme l'impression que je n'ai aucune chance...

— Aucune, affirma Frieda, qui, malgré sa jambe dans le plâtre, ressemblait à une vieille lionne combative.

— Peut-être que je pourrais louer un fauteuil roulant ? suggéra Olympia, pensive. Charlie passerait le chercher demain. De cette manière, vous n'auriez pas à marcher.

— Je n'aime pas trop l'idée d'arriver là-bas comme une invalide, avoua Frieda. Mais c'est vrai que ce serait plus pratique. Si tu peux en trouver un, tant mieux ; sinon, je clopinerai avec mes béquilles.

— C'est ce qui s'appelle de la détermination, fit remarquer Olympia, admirative.

— Même s'il fallait m'y conduire en ambulance et me transporter sur un brancard, j'irais ! Sans compter que je veux porter ma nouvelle robe. Je ne suis jamais allée à un bal des débutantes et je n'aurai sans doute jamais d'autre occasion, alors je ne veux pas rater celle-ci.

Elle avait les larmes aux yeux en prononçant ces mots. Pour elle, cela représentait plus qu'une simple fête. Il s'agissait d'une revanche sur la vie. Elle avait vécu des années dans la pauvreté, couturière dans un atelier de confection au côté de son mari, pour que leur fils puisse faire des études. Juste une fois, avant de mourir, elle voulait se sentir comme Cendrillon, elle aussi, même si Harry la trouvait ridicule. Et elle voulait voir ses petites-filles faire leur entrée dans le monde. Olympia comprenait ce désir et elle se jura de tout faire pour ne pas la décevoir. Il n'y avait pas que pour les filles que ce bal était important ; pour Frieda aussi, il comptait énormément. Plus que Harry ne le soupçonnait.

— Nous y arriverons, Frieda. Je vous le promets.

Cependant, Olympia ne voyait pas qui pousserait le fauteuil. Elle-même devrait être sur place à 17 heures pour aider les filles à s'habiller, et Charlie les accompagnerait pour la répétition. Il n'y avait personne pour conduire Frieda, à l'exception de Harry, qui s'y refusait. Elle envisagea alors de demander à Margaret et à son mari de passer la prendre dans une limousine qu'elle réserverait à leur intention. Elle ne voyait pas d'autre solution.

Après le dîner, elle aborda prudemment le sujet avec Harry. Elle lui fit remarquer qu'avec sa mère handicapée se rendre aux Arches allait être beaucoup plus laborieux que prévu et qu'elle avait besoin de quelqu'un pour l'aider. Elle espérait qu'il se proposerait, sans qu'elle ait à le lui demander directement.

— Je lui ai déjà dit qu'elle ne devrait pas y aller, dit-il, l'air contrarié.

— Elle veut y aller.

Olympia avait parlé avec calme, sans s'étendre sur les nombreuses raisons qui, à ses yeux, rendaient la soirée si importante pour Frieda.

— Elle s'entête, c'est tout !

— Toi aussi, répliqua-t-elle, cette fois avec un léger agacement.

Son refus commençait à l'irriter. Le moins qu'il aurait pu faire, c'était d'aider sa mère à aller jusque-là, puisqu'elle le désirait tant.

— Cela représente beaucoup pour ta mère, peut-être plus qu'il n'y paraît au premier abord.

Frieda avait survécu aux persécutions, elle avait travaillé dur toute sa vie, fait beaucoup de sacrifices et connu une longue et douloureuse histoire pour en arriver là. Olympia jugeait que, si elle voulait assister au bal des débutantes, c'était son droit le plus strict, quelles que soient ses raisons. Et elle était prête à tout faire pour qu'il soit respecté. De plus, les jumelles adoraient leur grand-mère et souhaitaient sa présence. Frieda méritait cette nuit spéciale tout autant que les filles. Mais Harry refusait de le comprendre. Il préférait camper sur ses positions plutôt que de faire plaisir à une jeune fille ou à une vieille dame.

— Je crois que c'est vraiment important pour elle, dit Olympia doucement.

— Ça ne devrait pas l'être, répliqua-t-il, catégorique. Et même si c'était le cas, je suis juge à la cour d'appel et je ne peux pas cautionner une tradition discriminatoire, uniquement pour plaire à ma mère, à ma femme ou à ses filles. J'en ai assez que vous me jugiez mal à cause de ça, Ollie. Je crois en ce que je fais. Je ne peux pas y aller.

— Je suis sûre que tu ne serais pas le premier Juif à être invité aux Arches. Pour autant que je sache, il y a des jeunes filles juives qui y ont fait leurs débuts.

— J'en doute. Et même si c'était vrai, je ne reviendrais pas sur ma décision. Je ne pense pas que Martin Luther King se soit un jour rendu à un bal donné par le Ku Klux Klan.

— Est-ce que Veronica et toi êtes vraiment obligés de boycotter tout ce en quoi vous ne croyez pas ? Quand elle est à la maison, je ne peux pas acheter de provisions sans m'inquiéter de tous ceux que je vais offenser ou persécuter. Si j'achète du raisin, c'est un affront aux Sud-Américains ; si j'achète des produits sud-africains, je manque de respect à Nelson Mandela. Une fois sur deux, quand j'enfile un pull ou une paire de chaussures, ou bien que je mange un fruit, je nuis à quelqu'un ! Ça rend la vie compliquée, figure-toi, et, dans ce cas précis, je pense que notre famille est plus importante que tes maudites prises de position. Tout ce que ta mère souhaite, c'est se rendre à une soirée pour assister à l'entrée dans le monde de ses petites-filles ; une tradition archaïque, je l'admets, mais rien de plus. C'est une fête, une parenthèse particulière dans la vie d'une fille, durant laquelle elle se sent unique, comme lors d'une bat-mitsva. Tu ne peux pas mettre tes principes en veilleuse pour un soir ?

Harry se rendait compte que son attitude l'irritait de plus en plus. Mais il se contenta de la regarder en secouant la tête. Il avait entendu ce qu'elle lui disait et il savait que cela comptait pour elle et pour sa mère.

Mais il n'était pas d'accord avec elles et ne modifierait pas son opinion d'un iota.

— Non, je ne peux pas.

— Très bien, lança-t-elle, furieuse. Alors, si tes principes et tes opinions politiques sont plus importants que nous, va au diable. Cette fois, je crois sincèrement que tu es à côté de la plaque.

— Je comprends ce que tu ressens, dit-il à voix basse, l'air profondément malheureux. Mais les principes, ce ne sont pas des vêtements que l'on enfile ou que l'on enlève quand ça vous arrange. On doit s'y tenir quelles que soient les circonstances.

Sans prononcer une autre parole, Olympia quitta la pièce avant d'être vraiment hors d'elle et de lui dire quelque chose qu'elle regretterait. Elle savait qu'aucun compromis ne serait possible. Harry était inflexible et elle avait perdu la bataille. Que cela lui plaise ou non, que cela soit juste ou pas, c'était elle qui allait devoir temporiser.

7

Dès le retour des jumelles, la maison redevint un tourbillon. Leurs amis allaient et venaient, le téléphone sonnait constamment. Des filles qui participaient également à la soirée passaient voir Virginia pour papoter et admirer sa robe. Toutes la trouvèrent magnifique. Veronica s'enfermait dans sa chambre avec ses propres amies, dont aucune n'était invitée au bal.

Frieda laissait la porte du petit bureau ouverte et se divertissait en observant les allées et venues. Olympia lui commandait des repas kasher que Charlie allait chercher. Il lui servait chaque plat sur une assiette différente, comme le voulait la religion juive. Frieda était très reconnaissante à Olympia d'y avoir pensé et d'avoir demandé à Charlie de le faire.

Le jeudi soir, ils célébrèrent Hanoukka. Olympia alluma les bougies, tandis que

Frieda récitait les prières avec elle. Ils échangèrent des cadeaux, comme ils le feraient chaque soir pendant huit jours. Olympia était heureuse que Frieda soit à la maison avec eux. Les liens familiaux paraissaient en être resserrés et cette fête religieuse tombait parfaitement bien pour ne plus penser au bal, au moins pour une soirée.

Virginia était très excitée par l'arrivée de Steve, le vendredi soir ; quant à Veronica, elle continuait d'assurer à sa mère que Jeff était tout à fait convenable. Il n'arriverait que le samedi matin, ce qui semblait un peu juste aux yeux d'Olympia. Mais il avait des choses à faire le vendredi soir et ne pouvait pas venir plus tôt, d'après Veronica. De toute façon, il était inutile de discuter avec elle, car à quelques jours du bal elle était d'une humeur de chien.

Tard, le jeudi soir, Olympia se rendit compte qu'elle n'avait jamais vu les sandales en satin blanc de Veronica et décida aussitôt de vérifier dans son placard qu'elles s'y trouvaient bien. Sinon, elle irait vite lui en acheter. Elle tenait à éviter toute excentricité de la part de sa fille, comme de porter des baskets ou des chaussures rouges. Au moment où elle pénétra dans sa chambre,

Veronica sortait de la douche en se séchant les cheveux, dos à sa mère. Olympia s'arrêta net et la regarda fixement, horrifiée. Au beau milieu de son dos s'étalait un énorme tatouage, un papillon multicolore, de la taille d'une assiette. Sans même en avoir conscience, elle laissa échapper un hurlement ; Veronica sursauta violemment, car elle ne l'avait pas entendue entrer.

— Oh, mon Dieu ! Qu'est-ce que c'est que *ça* ?

Olympia savait pertinemment de quoi il s'agissait. Mais elle ne parvenait tout simplement pas à croire que Veronica s'était fait faire une monstruosité pareille. Elle fondit en larmes.

— Allons, maman... Je t'en prie... Je suis désolée, je voulais t'en parler... J'en ai toujours voulu un... J'adore ça... Tu t'y habitueras, balbutia Veronica.

S'il était une chose que leur mère leur avait toujours interdite, c'était les piercings et les tatouages. Elles avaient eu le droit de se faire percer les oreilles, mais tout autre endroit était tabou. Un tatouage était absolument inenvisageable.

— Je ne peux pas croire que tu aies fait ça ! s'exclama Olympia en se laissant tomber sur le lit de Veronica.

179

Elle se sentait défaillir. Le corps de son bébé avait été profané. Comment imaginer que Veronica vivrait avec ça le reste de sa vie ? C'était obscène ! Elle aurait voulu demander à sa fille de le faire enlever, mais elle savait par avance qu'elle refuserait.

— On dirait que tu sors de prison !

— Tout le monde en a, à la fac. J'ai dix-huit ans, maman, j'ai le droit de faire ce que je veux de mon corps.

— Te rends-tu seulement compte du genre que ça te donne ? Ou de l'air que tu auras à cinquante ans ? Es-tu complètement folle ?

Soudain, son visage exprima une panique totale.

— Est-ce que Virginia s'est fait tatouer, elle aussi ?

L'air embarrassé, Veronica s'assit à côté de sa mère et l'entoura de ses bras.

— Je suis désolée, maman. Je ne voulais pas te faire de peine. Ça fait des années que j'en avais envie.

Olympia savait que c'était la vérité, mais elle pensait l'avoir convaincue d'y renoncer. Pas un instant elle n'avait imaginé que Veronica se ferait tatouer dès qu'elle serait étudiante.

— Tu ne pouvais pas le faire sur la fesse, là où personne ne l'aurait vu ?

— Maman, il me plaît... Sincèrement...

Une autre pensée l'accabla. La robe de bal de Veronica avait un décolleté plongeant dans le dos presque jusqu'à la taille.

— Il va falloir t'acheter une autre robe.

— Non, inutile, répondit Veronica avec calme. Elle me plaît.

C'était la première fois qu'elle l'admettait. Cependant, il était hors de question qu'Olympia la laisse porter cette robe et exhiber son tatouage. Elle aurait préféré mourir.

— Tu ne feras pas ton entrée dans le monde avec cette *chose* dans le dos.

A cet instant, Virginia entra dans la chambre à la recherche d'une bombe de laque. Voyant l'expression bouleversée d'Olympia, elle tourna les yeux vers sa jumelle.

— Maman est au courant, lui expliqua Veronica.

Mal à l'aise au milieu d'elles deux, Virginia commença à battre en retraite.

— Tu restes ici ! Si l'une de vous s'en fait faire un autre, je vous tue toutes les deux. Et c'est valable pour Charlie aussi.

— Il ne ferait jamais ça, assura Veronica. Il a bien trop peur de te mettre en rogne. Et Virginia aussi.

— Et toi, qu'est-ce qui te rend si audacieuse ? murmura Olympia en se mouchant.

Il ne s'agissait certes que d'un tatouage, mais elle avait l'impression d'avoir perdu sa fille.

— Je me suis dit que tu me pardonnerais, répondit Veronica avec un sourire penaud.

Une nouvelle fois, elle étreignit sa mère, qui s'essuyait les yeux.

— N'en sois pas si sûre. Maintenant, il faut faire quelque chose pour ta robe. En fait, j'étais venue voir tes chaussures...

Quelques heures auparavant, ils passaient tous une merveilleuse fête de Hanoukka et voilà que tout était gâché.

— Je ne les trouve plus, constata Veronica avec désinvolture. Je crois bien que je les ai données.

Finalement, comparé à son tatouage, ce n'était pas grand-chose.

— Bon... Il faudra en acheter demain.

Olympia ne travaillait pas le lendemain, comme tous les vendredis. Elle avait un million de choses à faire. Elle devait aller chercher un fauteuil roulant pour Frieda et passer à son appartement pour y prendre sa robe. Acheter une paire de chaussures à Veronica s'ajoutait maintenant à sa liste.

Mais elle n'arrivait pas à penser à autre chose qu'au papillon.

— Comment vais-je te trouver une robe en si peu de temps ?

— Je mettrai un gilet, proposa Veronica alors qu'Olympia recommençait à pleurer.

C'en était trop pour ses nerfs déjà surmenés. L'accident de Frieda, la varicelle de Max, l'intransigeance de Harry, le rhume qu'elle avait traîné toute la semaine... Et à présent, cette horreur de tatouage.

— Tu ne peux pas mettre un gilet au-dessus d'une robe du soir. Je vais essayer de te trouver une étole en satin blanc... Sinon, nous sommes fichues.

— Allons, maman, personne n'en fera un drame.

— Si justement, et moi la première. Tu pourrais penser à ce que je ressens, bon sang ! lança Olympia, à la fois peinée et furieuse.

— C'est ce que je fais. Je vais au bal des Arches, non ? lui rappela Veronica. Tu sais très bien que je ne voulais pas y participer. Alors, lâche-moi les baskets.

— Je ne savais pas que tu me briserais le cœur en échange. Est-ce que ce tatouage est ta manière de te venger ?

— Non, maman, répondit Veronica. Je l'ai fait faire dès que je suis arrivée à la fac, un signe de mon indépendance, de ma métamorphose en adulte et de mon envol vers la liberté.

— Formidable ! Je peux m'estimer heureuse, j'imagine, que tu ne te sois pas fait faire aussi une chenille, pour montrer l'« avant » et l'« après ».

A ces mots, Olympia se leva, regarda ses filles tour à tour et, sans ajouter un mot, quitta la pièce. Croisant Harry dans l'escalier, elle ne lui adressa pas la parole. Il vit qu'elle était bouleversée mais crut que c'était à cause de lui. Il était plus de minuit et elle était visiblement dans tous ses états.

Frieda la vit passer, la tête baissée. Elle se leva et, quelques minutes plus tard, entra en boitillant dans la cuisine. Assise à table, Olympia pleurait devant une tasse de thé. Elle ne cessait de penser à la robe de Veronica, à la manière de résoudre le problème et, surtout, au jeune corps de sa fille dont la perfection avait été souillée. Il ne serait plus jamais le même.

— Oh, oh… murmura Frieda en la voyant.

Elle avait senti que quelque chose n'allait pas et c'était la raison pour laquelle elle était venue. Il n'était pas dans les habitudes d'Olympia de passer devant le bureau sans s'assurer qu'elle allait bien.

— Que se passe-t-il ? demanda-t-elle en s'asseyant avec précaution sur une chaise, face à sa belle-fille, de l'autre côté de la table. Rien de grave, j'espère ? ajouta-t-elle, l'air inquiet.

Frieda craignait qu'elle n'ait eu un nouveau différend avec Harry. Elle n'ignorait pas que son refus de l'accompagner au bal avait encore ajouté au stress d'Olympia, après tout ce qu'elle avait subi dans la semaine. Ne l'ayant jamais vue en larmes, elle était très affectée. La soirée, jusqu'à cet instant, lui avait semblé parfaite, mais le charme venait de se rompre brutalement.

— Je pensais m'arrêter pour vous dire au revoir avant de me suicider, mais je me suis dit que je prendrais d'abord une tasse de thé…

Olympia sourit à sa belle-mère à travers ses larmes.

— A ce point-là ? C'est à cause de qui ? Dis-le-moi, que je lui dise ma manière de penser.

Ses paroles touchèrent profondément Olympia. C'était comme avoir de nouveau une mère, songea-t-elle en prenant la main de Frieda. Le tatouage de Veronica était plus qu'elle ne pouvait en supporter. C'était peut-être ridicule, mais elle était accablée. Faire une chose aussi stupide ! Et, pire encore, indélébile ! Olympia était persuadée que Veronica le regretterait dans quelques années, mais il lui faudrait néanmoins vivre avec. Même si elle souhaitait un jour le faire enlever, ce serait certainement compliqué.

— Si c'est à cause de Harry que tu pleures comme ça, je vais le tuer, déclara Frieda.

Olympia secoua la tête.

— C'est à cause de Veronica, murmura-t-elle avant de se moucher.

Elle regarda sa belle-mère, de l'autre côté de la table, mais les mots eurent du mal à sortir.

— Elle s'est fait faire un tatouage.

— Un tatouage ?

Frieda avait l'air abasourdie. S'il était bien un drame qu'elle n'aurait jamais imaginé, c'était ça.

— Où ?

— Au milieu du dos, répondit Olympia d'un ton affligé. Grand comme ça ! ajouta-t-elle en écartant les mains pour indiquer l'étendue du désastre.

— Oh, mon Dieu, murmura Frieda quand elle eut assimilé ce qu'Olympia venait de lui dire. Ce n'est pas bien... C'est même une idée stupide ! Je sais qu'ils sont à la mode en ce moment, mais un jour elle sera désolée de l'avoir fait.

— Pour le moment, elle en est enchantée, fit remarquer Olympia, morose. Elle ne pourra pas porter sa robe. Il faut que je lui en trouve une autre, demain. Un modèle qui lui couvrira le dos. Ou alors, une étole. Et je ne suis pas certaine d'y arriver.

D'autant qu'elle se sentait toujours malade.

Après avoir réfléchi quelques instants, Frieda finit par hocher la tête.

— Trouve-moi quatre mètres de satin blanc, demain. De la belle qualité, pas du synthétique. Je lui ferai une étole. Elle la portera au moins pour la présentation. Après, eh bien... ce sera à elle et à toi de vous arranger. Tu penses qu'elle accepterait de porter une étole ?

Frieda avait l'air aussi ennuyée qu'Olympia. Non seulement pour les conséquences à long terme de ce tatouage, mais également pour le bal des débutantes, qui était dans deux jours.

— A l'heure qu'il est, elle porterait une armure, si je le lui demandais, assura Olympia. Je ne sais pas quand elle avait l'intention de me le dire. Mais j'aurais eu une crise cardiaque si je l'avais découvert au moment de sa révérence.

Olympia secoua la tête en regardant sa belle-mère. Les deux femmes échangèrent un sourire par-dessus la table.

— Les enfants... On peut compter sur eux pour mettre du piment dans l'existence, non ?

Olympia eut un petit rire triste et Frieda lui tapota la main.

— Grâce à eux, on reste jeune. Crois-moi, une fois qu'ils cessent de nous surprendre, c'est fini, et ils nous manquent terriblement. Ma vie n'a plus jamais été la même une fois que Harry est entré à l'université et a quitté la maison.

— Au moins, il ne s'est jamais fait tatouer.

— Non, mais il s'est saoulé avec des copains et a essayé de s'engager dans les Marines à dix-sept ans. Dieu soit loué, ils l'ont refusé, parce qu'il avait de l'asthme. S'ils l'avaient pris, j'en serais morte. Et son père a bien failli le tuer. Mais passons aux choses pratiques : demain, tu achèteras quatre mètres de satin blanc et nous lui ferons une étole. Ce sera plus facile à trouver qu'une autre robe et il ne me faudra que quelques heures pour qu'elle soit prête. Je n'ai même pas besoin de ma machine, je peux la faire à la main.

— Je vous adore, Frieda. J'ai cru que j'allais m'évanouir quand j'ai vu cette chose sur son dos. Elle venait de sortir de la douche. Elle devait faire tout son possible pour le cacher depuis des mois.

— Ça pourrait être pire. Comme une tête de mort, ou le prénom d'un garçon dont elle ne se souviendrait plus dans un an. Au fait, où en sont les amours de Virginia ? Son ami vient toujours ?

— Il arrive demain soir et elle dit que tout va bien. Mais Veronica ne l'aime pas et elle juge très bien les hommes, beaucoup mieux que sa sœur. J'espère que c'est un gentil garçon. Elle est tout excitée à l'idée qu'il la voie dans sa robe.

— C'est tellement mignon, sourit Frieda, l'air rêveur. Et ne t'inquiète pas, nous cacherons le tatouage. Personne en dehors de nous n'en saura rien.

Avoir une belle-mère qui savait résoudre les problèmes au lieu d'en causer était merveilleux. Olympia était consciente que cela arrivait rarement et elle appréciait énormément Frieda. Elle considérait celle-ci plus comme sa propre mère que comme celle de Harry.

Quand elle parla du tatouage à ce dernier, au moment où ils se couchaient, il fut aussi bouleversé qu'elle. Marquer ainsi son corps allait contre ses principes. Il n'avait aucun mal à imaginer ce que ressentait Olympia.

Elle était encore perturbée quand elle sortit, le lendemain matin, pour acheter le satin blanc. Ensuite, elle se rendit chez Manolo Blahnik pour les chaussures, en satin blanc elles aussi. A midi, Frieda avait le tissu entre les mains. Du même ton, de la même épaisseur et de la même brillance que celui de la robe, il convenait à merveille. A 16 heures, quand Olympia et Charlie rentrèrent, après être allés chercher le fauteuil roulant, l'étole immaculée, minutieusement cousue à la main, était posée sur un cintre. Frieda l'avait terminée. Une fois revenue à la maison, Veronica l'essaya devant elles. La longueur était parfaite et elle promit de la porter le lendemain soir. Au moins pour ce qui concernait le bal, le problème était résolu. Même si elle avait toujours le cœur lourd, Olympia était soulagée.

Ce soir-là, Harry, sa mère et Olympia devaient dîner tranquillement à la maison. Harry proposa de faire la cuisine. Max était encore dans son lit, où il passait ses journées à regarder des DVD, et les trois grands étaient sortis. Olympia aspirait à une soirée paisible. Ayant essayé le fauteuil roulant, Frieda déclara qu'il était confortable et facile à manœuvrer. Il lui faciliterait vraiment la vie, le lendemain soir. On le laissa plié dans l'entrée, afin que le chauffeur puisse le mettre dans la limousine. Margaret avait volontiers accepté de passer prendre Frieda.

Leur repas fut agréable, en cette seconde nuit de Hanoukka. Frieda alluma les bougies et prononça la prière traditionnelle. Olympia aimait beaucoup l'entendre la réciter ; quant à Harry, cela lui rappelait son enfance, même s'il appréciait aussi que ce soit Olympia qui la dise.

Ils se préparaient tous à aller se coucher quand Olympia entendit Virginia rentrer. Il y eut un bruit de voix dans l'entrée, puis un martèlement de pas précipités dans l'escalier. Par la porte ouverte de sa chambre, Olympia vit passer sa fille en trombe. Elle sanglotait.

— Aïe ! dit-elle en se tournant vers Harry. Encore un problème à l'horizon... Je reviens.

Elle traversa le palier pour aller voir Virginia et la trouva à plat ventre sur son lit, pleurant à chaudes larmes. Il fallut presque dix minutes à sa mère pour comprendre ce qui s'était passé. Arrivé le soir même, Steve avait dîné avec elle et lui avait annoncé qu'en fait il venait pour lui dire que tout était fini entre eux. Il la quittait, car il avait une autre petite amie. Virginia était folle de chagrin. Elle l'adorait. Olympia ne put s'empêcher de se demander pourquoi il était venu à New York pour lui dire cela, qui plus est la veille du grand soir. N'aurait-il pas pu attendre un peu ou même simplement téléphoner ? Agir ainsi était cruel pour sa fille et il n'y avait pas grand-chose à dire pour la consoler.

— Je suis désolée, ma chérie... Sincèrement désolée... C'est vraiment moche...

Lui dire qu'elle allait l'oublier et qu'après lui il y aurait d'autres hommes dans sa vie ne paraissait pas franchement opportun. Pour le moment, elle souffrait et ne semblait pas pouvoir se relever.

— Je n'irai pas, demain... dit-elle d'une voix étouffée. Je ne peux pas... Ça m'est égal, maintenant... Je ne ferai pas mes débuts... Je voudrais être morte !

192

— Mais non. Tu dois y aller. C'est un moment unique dans ta vie et tu l'attendais avec impatience. Ne laisse pas ce type te le gâcher. Ne lui fais pas ce cadeau. Je sais que ça paraît abominable aujourd'hui, mais tu te sentiras mieux demain soir. Sincèrement... Je te l'assure.

Elle avait le cœur serré. Pourquoi lui avait-il infligé cela ce soir ? N'aurait-il pas pu attendre jusqu'à dimanche ? Ce type n'avait donc aucune conscience ?

Olympia continua longtemps de lui parler mais ne réussit pas à la faire changer d'avis : Virginia répétait qu'elle n'irait pas. Elle resterait à la maison avec Max et Harry. Veronica ferait seule son entrée dans le monde.

— Je ne te laisserai pas agir ainsi, dit Olympia avec fermeté. Je sais que tu te sens très mal pour le moment, mais demain soir, tu seras très belle au bras de Charlie. Tu feras ta révérence, et tous les garçons présents dans la salle tomberont amoureux de toi. Tu dois y aller, Virginia.

— Je ne peux pas, maman, répondit-elle, les yeux fixes, tandis que des larmes continuaient de rouler sur ses joues.

A la voir, la fin du monde était arrivée. Olympia comprenait à quel point c'était horrible, mais elle savait que sa fille rencontrerait quelqu'un après Steve. Elle aurait volontiers étranglé ce garçon pour avoir infligé un tel chagrin à son enfant. Elle ne pouvait rien faire d'autre que de l'aider à recoller les morceaux.

Il était près de minuit lorsqu'elle regagna sa chambre. Virginia était toujours aussi malheureuse, mais calmée. Elle avait fini par cesser de pleurer. Après s'être glissée au côté de Harry, profondément endormi, Olympia ferma les yeux et se mit à prier. Mon Dieu, faites que personne ne perde la tête demain et que tout le monde se conduise correctement durant la soirée... Je ne supporterais pas une autre surprise... Je vous en prie, mon Dieu, juste pour une nuit... Merci, mon Dieu... Bonne nuit.

Puis elle s'endormit.

8

Le jour du bal se leva par un froid intense et un soleil radieux. Il ne neigeait pas, il ne pleuvait pas, il gelait à pierre fendre et la journée s'annonçait magnifique, pourtant Olympia s'éveilla morte d'appréhension. Elle ne désirait rien d'autre qu'aider les filles à s'habiller, les regarder faire leur révérence, descendre l'escalier et passer une bonne soirée. Cela n'aurait pas dû, à priori, la mettre dans un tel état de stress mais, ces jours-ci, avec la cheville cassée de Frieda, la varicelle de Max, la peine de cœur de Virginia, le tatouage de Veronica, elle craignait le pire et s'attendait à tout instant à une nouvelle catastrophe.

Après avoir préparé le petit-déjeuner pour tout le monde, elle apporta le sien à Frieda. Sa belle-mère la remercia et lui demanda si elle pouvait faire quelque chose pour l'aider. Mais, autant qu'Olympia pouvait en juger, tout était en ordre. A midi, elle emmènerait les filles chez le coiffeur ; elle-même irait à 14 heures ; à 16 heures, toutes seraient prêtes. Pour le moment, les filles dormaient encore, Harry était parti jouer au squash, Max se sentait mieux et Charlie avait passé la nuit chez des amis. La paix régnait dans la maison.

A 11 heures, Virginia se réveilla et descendit l'escalier en courant, l'air affolé. Elle fit irruption dans la chambre de Frieda, où se trouvait sa mère, et annonça :

— J'ai perdu un gant !

L'un des longs gants blancs indispensables pour la soirée... Olympia resta calme.

— Mais non. Je les ai vus hier. Ils étaient sur ta commode, avec ton sac.

Virginia eut alors l'air gêné et vaguement coupable.

— Je les ai emportés chez Debbie, hier soir, pour lui montrer comme ils étaient beaux. Et puis, il y a eu cette histoire avec Steve, et j'en ai oublié un chez elle. Son chien l'a déchiqueté cette nuit.

— Oh, ce n'est pas vrai ! s'exclama Olympia en luttant pour ne pas céder à la colère. Quand suis-je censée t'en acheter une nouvelle paire ? Bon... Bon... Je vais y aller tout de suite, avant de vous emmener chez

196

le coiffeur. J'espère qu'il en restera à ta taille.

Frieda admira la manière dont Olympia gérait la situation. Dix minutes plus tard, vêtue d'un jean et d'une parka de ski, et chaussée de bottes fourrées, elle quittait la maison en courant. Par miracle, elle fut de retour juste avant midi, avec les gants. Le problème était résolu, le désastre évité... Fin du premier round !

Elle emmena aussitôt les jumelles chez le coiffeur et revint rapidement à la maison. Elle fit déjeuner Max, prépara un repas kasher pour Frieda, ainsi qu'un sandwich pour Harry lorsqu'il reviendrait du squash. Dix minutes plus tard, Charlie rentra à la maison et s'assit près d'elle dans la cuisine. Comme il semblait nerveux, elle se demanda s'il n'était pas anxieux à cause de la soirée, et elle le rassura en affirmant qu'il s'en tirerait bien. Puis Harry arriva et ils discutèrent de choses et d'autres. Elle ne fit aucune allusion au bal. Le sujet était clos.

Alors qu'elle était montée dans sa chambre pour se changer, Charlie la rejoignit.

— Tout va bien ? lui demanda-t-elle. Quelque chose te tracasse ? insista-t-elle, bien qu'il eût acquiescé d'un air distrait.

Après avoir secoué la tête, il ressortit. Olympia fut saisie d'une nouvelle inquiétude, mais elle n'avait pas le temps de s'appesantir là-dessus. C'est alors que Margaret téléphona pour lui annoncer que sa mère avait de la fièvre, après son opération, et qu'on craignait une infection. Margaret espérait toujours aller au bal, mais elle serait en retard car elle devait rester à l'hôpital pour s'occuper de sa mère et ne pourrait pas venir chercher Frieda. Elle était désolée de faire ainsi faux bond à Olympia, mais elle ne pouvait pas agir autrement, car sa mère n'était vraiment pas bien. Après lui avoir assuré qu'elle comprenait, Olympia resta quelques instants les yeux rivés sur le téléphone, essayant de trouver une solution. Elle devait être aux Arches avec les filles à partir de 17 heures, Charlie devait y être à 16 heures et elle n'avait personne pour emmener Frieda dans la limousine. Elle eut alors une idée et alla trouver Harry pour en discuter avec lui.

Il l'écouta, convaincu qu'elle essayait de le manipuler pour qu'il se rende au bal à la dernière minute. Mais Olympia avait abandonné tout espoir de l'y voir. La seule chose qu'elle lui demandait, c'était d'aider sa mère à monter dans la voiture, d'y placer le fauteuil roulant, puis de l'appeler sur son portable quand la voiture démarrerait. Olympia attendrait alors Frieda dans le hall de l'hôtel, sortirait à sa rencontre, l'installerait dans le fauteuil roulant et l'emmènerait à leur table pour le dîner qui serait servi avant le bal. A entendre Olympia, il n'y avait rien de plus facile. Elle se garda de dire à son mari qu'auparavant elle devrait aider les deux filles – qui seraient surexcitées – à s'habiller, qu'elle aurait ensuite à assister à la séance photo et à essayer de les calmer tout en s'habillant elle-même.

— Tu pourrais faire ça pour moi ? demanda-t-elle après lui avoir exposé son plan.

— Evidemment. Il s'agit de ma mère.

Olympia ne fit aucun commentaire sur le fait qu'il ne les accompagnait pas. Qu'il mette sa mère dans la limousine et lui téléphone était tout ce qu'elle attendait de sa part. L'air légèrement embarrassé, il lui promit de s'en occuper.

— Parfait. Merci. Au revoir, dit-elle avant de partir en courant pour son rendez-vous chez le coiffeur.

Virginia était déjà prête, et Veronica le fut en même temps que sa mère. Pendant qu'on les coiffait, Virginia se fit faire les ongles. Veronica était passée entre les mains de la manucure en premier. Tout était parfaitement orchestré.

A 15 h 30, Olympia téléphona à la maison pour rappeler à Charlie qu'il devait partir aux Arches, avec son smoking, sa chemise, sa cravate blanche, son gilet et ses chaussures vernies, sans oublier ses gants. Il était prêt et sur le point de quitter la maison.

Lorsque Olympia et les filles rentrèrent, coiffées et manucurées à la perfection, Harry jouait aux cartes avec Max. Charlie était parti et Frieda se reposait. Après avoir rassemblé leurs affaires, les trois femmes prirent un taxi pour les Arches. Quand elles se furent installées dans la chambre réservée par Olympia, celle-ci prit une minute pour téléphoner à Harry. Elle avait à peine eu le temps de lui parler. Elle lui rappela l'heure à laquelle sa mère devait quitter la maison et qu'il ne devait pas oublier de l'appeler. Il la rassura, promettant de s'occuper de sa mère et de l'aider à s'habiller. La limousine venait la chercher à 19 h 15. Un dîner était organisé pour les jeunes filles, leur cavalier et leur famille. Les autres invités étaient attendus à 21 heures. La répétition commençait à 17 heures et avait lieu dans la salle où se déroulerait ensuite le bal. Dix minutes avant l'heure prévue, Olympia descendit avec les filles.

Le hasard fit que le cavalier de Veronica, Jeff, entra dans la salle de bal au même moment qu'elles, portant sa tenue de soirée sur un cintre. Olympia ferma les yeux, espérant être victime d'une hallucination. Malheureusement, ce n'était pas le cas. Jeff avait les cheveux bleu vif. Non pas bleu marine ou bleu nuit, ce qui aurait pu passer pour noir à la lumière tamisée de la salle de bal, mais d'une couleur entre le turquoise et le saphir, qui attirait irrésistiblement les regards. Il serra la main d'Olympia, l'air très content de lui et insupportablement arrogant. Veronica éclata de rire en le voyant. Quant à Virginia, elle avait l'air d'un zombie depuis sa rupture avec Steve, la veille. Il lui avait dit que, même s'il la laissait tomber pour une autre fille, il tiendrait ses engagements et viendrait au bal. A la stupéfaction d'Olympia, Virginia avait accepté, arguant qu'elle voulait passer une dernière soirée avec lui. Olympia désapprouvait une telle attitude, mais elle ne voulait pas ajouter au chagrin de sa fille. Par chance, il n'était pas son cavalier et ne devait pas arriver à leur table avant 21 heures, avec les autres invités. Olympia aurait aimé le frapper et faire subir le même sort à Jeff, que Veronica félicitait pour la couleur fabuleuse de sa chevelure. Quand il tendit son smoking à Olympia en lui demandant d'en prendre soin pendant la répétition, elle faillit le tuer.

Les jeunes gens s'alignèrent sur quatre rangées, deux de débutantes et deux de cavaliers, et les membres du comité d'organisation du bal passèrent entre elles pour une tournée d'inspection. Une femme à l'air sévère, vêtue d'un pantalon noir et d'une veste Chanel, s'arrêta devant Jeff et le tança sans ménagement. S'il voulait assister à la soirée, il devait redonner à ses cheveux une couleur normale, sinon Veronica aurait un autre chevalier servant. La présidente du comité fut très claire ; à lui d'en décider. L'expression de Jeff se fit contrite, alors que Veronica continuait de rire. Apparemment, elle trouvait ce qu'il avait fait très drôle, ce qui n'était pas le cas de sa mère, sérieusement fâchée contre elle. Entre son tatouage et la couleur des cheveux de son cavalier, Veronica semblait être entrée dans une nouvelle phase de rébellion. Il ne lui suffisait plus de critiquer tout ce que faisait sa mère, il lui fallait maintenant choquer tout le monde et se donner en spectacle. Olympia était loin de trouver la chose plaisante et elle lui en fit la remarque lorsque toutes les trois regagnèrent leur chambre pour s'habiller après la répétition.

— Veronica, ce n'était pas drôle. Tout ce qu'il a gagné, c'est que les membres du comité sont remontés contre lui, et contre toi par la même occasion.

— Allons, maman, ne sois pas si coincée. Quitte à supporter quelque chose d'aussi idiot que ce bal, autant y mettre un peu d'humour.

— Ce n'était pas drôle, répéta Olympia. C'était grossier et gênant. Est-ce qu'il va se plier à la demande du comité et les reteindre ?

— Mais bien sûr. Il a fait ça pour être marrant, c'est tout.

— Crois-moi, il ne l'était pas, rétorqua Olympia avec exaspération.

C'est alors que Virginia fondit en larmes. Steve l'appelait sur son portable. Il lui annonçait qu'il n'était plus certain de venir, car il craignait que ce ne soit trop dur pour elle. Entre deux sanglots, elle lui dit que ce serait encore plus dur s'il ne venait pas, et c'est tout juste si elle ne le supplia pas, ce qui hérissa Olympia. Finalement, il consentit à venir. Si Olympia avait pu le tuer, elle l'aurait fait sur-le-champ ! Au lieu de cela, elle allait devoir supporter qu'il soit son invité, et qu'il brise le cœur de sa fille au cours d'une soirée qui aurait dû être merveilleuse pour elle.

Quand les jumelles enfilèrent leur robe, Olympia les contempla avec des larmes dans les yeux. L'étole de Veronica couvrait délicatement son dos, et elles ressemblaient à deux princesses de conte de fées.

Peu après, elles descendirent retrouver le photographe, pendant qu'Olympia s'habillait. Son collant fila au moment où elle le mettait et sa fermeture Eclair se coinça quand elle enfila sa robe ; heureusement elle réussit néanmoins à la remonter et elle avait prévu une paire de collants de rechange. Elle s'arrêta une minute pour se calmer et faire le vide en elle. Puis elle se regarda. Elle était bien coiffée, bien maquillée, et sa robe lui allait à la perfection. Elle souffrait le martyre dans ses chaussures, mais elle s'y attendait. Après avoir mis le collier de perles, qui avait appartenu à sa mère, ainsi que les boucles d'oreilles assorties, elle jeta un dernier regard au miroir. Rien ne clochait. Elle venait de souligner ses lèvres de rouge et de mettre son étole sur ses épaules quand son portable sonna. C'était Harry qui lui annonçait que Frieda était dans la limousine et que Max se sentait bien.

— Je descends attendre ta mère dans le hall, répondit Olympia d'une voix stressée.

— Comment ça se passe ? demanda-t-il, préoccupé.

Il devinait qu'elle était à cran.

— Je ne sais pas. Je crois que je suis encore plus nerveuse que les filles. Elles sont toutes les deux ravissantes. Pour le moment, elles sont avec le photographe. Je les rejoindrai dès que ta mère sera là. Chauncey et Felicia sont sans doute déjà en bas.

Elle ne dit pas à Harry qu'il lui manquait, car elle ne voulait pas le culpabiliser. Cela n'aurait servi à rien et ne l'aurait menée nulle part. L'espace d'un instant, elle s'imagina qu'il se trouvait dans la limousine avec sa mère, mais la voix de Max, qu'elle entendit derrière celle de son père, lui prouva qu'il était resté à la maison. C'était une des déceptions qui surviennent inévitablement dans un couple. Elle la digérerait et oublierait. Harry avait beaucoup d'autres qualités. Il avait toujours été là pour elle et le serait encore. Il lui était impossible de venir à ce bal, elle devait l'accepter. A quoi bon créer une crise pour une soirée à laquelle il refusait d'assister ? Elle n'avait pas à donner à cette manifestation plus d'importance qu'elle n'en avait.

Après avoir raccroché, elle quitta la chambre et prit l'ascenseur. Elle attendait dans la rue en frissonnant quand la limousine arriva. Frieda avait l'air d'une grande dame avec son élégante robe noire et le chignon torsadé qu'elle s'était fait elle-même. Le portier l'aida à s'asseoir dans le fauteuil roulant, qu'il poussa dans le hall de l'hôtel. Olympia prit alors le relais.

Elles montèrent en ascenseur jusqu'à la salle de bal, où les familles se rassemblaient pour être photographiées. Les mères se voyaient offrir un petit bouquet de gardénias à épingler à leur robe, à garder à la main ou à nouer autour de leur poignet ; on donnait à chaque jeune fille une couronne de minuscules fleurs blanches, ainsi qu'un bouquet qu'elle tiendrait à la main au moment de monter sur la scène. Le spectacle de cinquante jeunes filles vêtues de blanc, portant un bouquet, le front ceint d'une guirlande de fleurs blanches, avait quelque chose de délicieusement virginal. Olympia et Frieda en eurent les larmes aux yeux.

— Elles sont si belles, chuchota Frieda à son oreille.

Olympia fut profondément touchée de voir combien Frieda était proche d'elle et aimait les filles. Elle était leur grand-mère de cœur. La vieille dame la regarda alors en secouant la tête et ajouta avec tristesse :

— Je suis tellement désolée que Harry ne soit pas ici avec toi... Il est encore plus têtu que son père. Avant de partir, je lui ai dit que j'avais honte de lui.

Olympia lui tapota le bras.

— Ce n'est pas grave.

Il n'y avait rien à ajouter. Harry restait sur sa position, même si, pour cela, il faisait souffrir sa femme et la décevait. Frieda était stupéfaite de la grandeur d'âme de sa belle-fille. Elle n'était pas certaine qu'elle aurait eu la même. Elle était d'ailleurs furieuse contre son fils et ne lui pardonnait pas d'avoir laissé tomber Olympia.

Mais, avant qu'elle ait pu en dire plus, un homme grand et blond, portant queue-de-pie et cravate blanche, accompagné d'une femme tout aussi grande et blonde, s'approcha d'elles. Il s'agissait de Chauncey et de

Felicia. Olympia les présenta à Frieda. Felicia salua celle-ci alors que Chauncey, consacrant toute son attention à son ex-femme, l'ignora totalement. Bien que s'étant habillée rapidement et n'ayant pas eu le temps de s'occuper d'elle, Olympia était fabuleuse, ce soir-là. Chauncey la détailla d'un œil de connaisseur.

— Tu es en beauté, Olympia, la complimenta-t-il en l'embrassant.

Elle le remercia et serra la main de Felicia, qui avait l'air déplacée dans sa robe en satin rose à la fois trop décolletée et trop moulante. Olympia fut étonnée de constater qu'elle paraissait vulgaire. Ce n'était pas le souvenir qu'elle gardait d'elle, mais leur dernière rencontre remontait à plusieurs années. Les commentaires peu flatteurs des filles à son sujet étaient fondés : Felicia ne s'était pas améliorée. Elle avait l'air ridicule dans cette robe peu appropriée à son âge. Celle en satin bleu nuit, à la coupe parfaite, que portait Olympia était plus élégante et beaucoup plus sexy, même si le décolleté en était beaucoup moins plongeant. Olympia incarnait la beauté et la distinction, ce dont Chauncey parut se rendre compte. Passant un bras autour de ses épaules, il la serra contre lui « en souvenir du bon vieux temps ». Olympia le soupçonnait d'être déjà ivre et elle craignait qu'il n'en soit de même pour Felicia. La soirée n'allait pas être drôle.

— Où sont nos filles ? demanda-t-il en jetant un coup d'œil autour de lui.

— Elles posent pour les photos avec leur cavalier. Ensuite, il y en aura quelques-unes faites avec nous.

Elle avait l'impression d'être le capitaine d'un bateau faisant route vers l'enfer. Jusqu'à présent, rien ne s'était déroulé normalement et elle avait dû surmonter d'innombrables difficultés, de la peine de cœur de Virginia jusqu'aux cheveux bleus du cavalier de Veronica, en passant par le papillon tatoué, la cheville cassée, la varicelle et la grippe. Après cette semaine éprouvante, la présence de Chauncey et de sa femme empêchait Olympia de se détendre. Comment avait-elle pu s'imaginer que la soirée serait gaie et réussie ? Jusqu'à maintenant, cela avait été tout le contraire. Elle espérait seulement que Virginia ne perdrait pas un autre gant.

C'est alors qu'elle revit Jeff. Il sortait de la salle de bal avec Veronica, et ses cheveux n'étaient plus bleu saphir, mais noirs comme du cirage. Cette couleur n'avait rien de naturel et il était facile de voir qu'il s'était teint. Il avait une allure très punk, mais le comité avait décidé de l'ignorer, et Olympia lui en fut reconnaissante. Quand Jeff regarda dans sa direction avec une expression ironique et hautaine, elle fut saisie d'une furieuse envie de le gifler. Ce garçon était l'arrogance personnifiée. Il était plutôt beau, mais du genre à se juger plus intelligent que les autres. Elle ne put s'empêcher de se demander si Veronica ne l'avait pas invité uniquement pour la contrarier. Elle avait multiplié les provocations depuis qu'Olympia et Chauncey l'avaient obligée à faire son entrée dans le monde. Elle avait consenti à aller au bal, mais en précisant bien que personne ne l'obligerait à le prendre au sérieux ou à le trouver divertissant. Virginia, pour sa part, avait toujours l'air perturbée quand toutes les deux embrassèrent leur père et saluèrent Felicia, qui les complimenta sur leur beauté. Frieda pleura lorsqu'elle les serra contre elle.

Après les photos avec les familles, les débutantes, leurs cavaliers et leurs parents se rendirent à un autre étage pour le dîner. Olympia était assise entre Veronica et Frieda, Chauncey et Felicia entouraient Virginia. Tout se déroula à la perfection jusqu'au moment où, au milieu du repas, Chauncey se leva pour aller aux toilettes. Veronica avait drapé son étole sur le dossier de sa chaise, car elle la gênait pour manger. Sa mère et elle ne pensaient plus à la raison pour laquelle elle la portait. Chauncey s'arrêta net derrière sa chaise, comme touché par une balle. Puis il pivota d'un bloc vers son ex-femme et la fixa avec incrédulité.

— Est-ce que tu as perdu la tête ?

Olympia n'avait pas la moindre idée de ce qui provoquait cette fureur, hormis le fait qu'il avait bu. Felicia avait l'air tout aussi déconcertée qu'elle. Jusqu'au moment où Olympia s'aperçut qu'il regardait le dos de Veronica.

— Vous êtes toutes les deux complètement folles ou quoi ? Comment as-tu pu laisser faire une chose pareille ? accusa-t-il en dévisageant son ex-femme par-dessus la tête de sa fille.

Bien que contrariée, Olympia répondit par un trait d'humour :

— En fait, Chauncey, elle a réussi à sortir de sa cellule et à s'échapper malgré les menottes. Presque comme Houdini.

— Tu n'es pas drôle. C'est la chose la plus répugnante que j'aie jamais vue. Elle a intérêt à se la faire enlever ou je ne paierai pas ses frais de scolarité.

Les frais de scolarité semblaient être devenus sa forme favorite de chantage, depuis quelque temps.

— Je ne pense pas que l'endroit soit bien choisi pour en discuter, déclara Olympia avec un regard significatif.

A leur table, tous les regardaient, sans que personne ait vu ce qui provoquait une telle colère, puisque tout le monde faisait face à Veronica. Cette dernière se tourna vers son père avec indignation.

— Arrête de menacer ma mère ! J'ai dix-huit ans et c'est mon choix. Maman n'en savait rien jusqu'à cette semaine !

— Veronica, tu es devenue intenable ! s'écria-t-il d'une voix si forte que la salle tout entière put l'entendre. Si tu as l'intention de te défigurer de cette manière, ta place est en prison, avec ceux qui te ressemblent !

L'espace d'un instant, Olympia fut terrifiée à l'idée que Veronica lui réponde et aggrave encore le scandale. Tous les regards étaient tournés vers eux. Non seulement Chauncey n'était pas subtil, mais sa voix portait. Même Felicia semblait choquée.

— Je n'ai pas l'intention d'en discuter avec toi, papa. Ne peux-tu pas te conduire en adulte ? dit Veronica en se levant et en le fixant dans les yeux. C'est un tatouage, pas un crime. Tu ne veux pas boire un autre verre ? Je suis certaine que tu te sentirais mieux après, lança-t-elle d'un ton glacial avant de se diriger vers la porte.

Jeff lui emboîta aussitôt le pas. Tandis qu'elle s'éloignait, tout le monde autour de la table put admirer le tatouage que Chauncey dénonçait si bruyamment. En le voyant, Felicia laissa échapper un son étouffé et assura qu'aucune de ses filles ne songerait à faire une chose pareille, avant d'admettre que son aînée venait juste d'avoir treize ans. Elle ne savait pas ce qui l'attendait... Malgré tous les efforts qu'on pouvait déployer, le contrôle qu'on exerçait sur ses enfants avait ses limites.

Le tatouage ne plaisait pas non plus à Olympia, mais elle dut reconnaître que Veronica s'était comportée, lors de cette scène, avec beaucoup de dignité. Bien plus que son père. A l'autre bout de la table, Charlie lança un coup d'œil à sa mère et, un moment plus tard, la conversation reprit normalement. Après le dîner, une femme de l'âge d'Olympia s'approcha d'elle et lui parla avec une sympathie amusée.

— Je sais ce que vous ressentez. La mienne, qui a dix-neuf ans, est revenue de l'université avec des tatouages sur le bras. Je n'ai jamais rien vu de plus horrible, mais que pouvais-je y faire ? Je préfère ne pas imaginer à quoi ça ressemblera quand sa peau commencera à se flétrir. Enfin, elles pourraient faire des choses pires...

Olympia ne voyait pas vraiment quoi, mais elle savait que ses filles n'avaient pas fini de lui en faire voir. En tout cas, elle était reconnaissante à cette mère de lui apporter compassion et réconfort.

— Je suis encore sous le choc, dit-elle. Je l'ai vu pour la première fois il y a deux jours. Ma belle-mère lui a vite confectionné une étole assortie à sa robe, car je n'étais pas certaine que le comité apprécierait ce dessin.

— Je suis sûre qu'elle n'est pas la première à venir ici avec un tatouage. Le cavalier de ma fille aînée est arrivé avec un anneau dans le nez.

— L'un des nôtres s'est présenté avec les cheveux bleus, ce soir, avoua Olympia, ce qui les fit rire toutes les deux.

— Les choses sont très différentes de ce qu'elles étaient à notre époque. Ma grand-mère avait fait toute une histoire parce que ma robe n'avait pas de bretelles. Et je crois que, de son temps, il fallait porter un petit boléro pour couvrir le haut des bras. A présent, ça se passe autrement, voilà tout.

— Je suppose que vous avez raison, acquiesça Olympia, qui peu à peu se détendait.

Lorsqu'il reprit sa place, Chauncey était toujours en rage. Il foudroya son ex-femme du regard. Frieda l'observait, le front plissé par l'inquiétude.

— Je n'ai jamais rien vu d'aussi monstrueux, reprit-il, mais d'un ton moins élevé, cette fois.

— Ça ne me plaît pas, à moi non plus, répondit Olympia avec calme. Elle se l'est fait faire quand elle était à la fac. Je ne l'ai découvert que cette semaine.

— Tu te montres beaucoup trop laxiste avec tes enfants. Veronica finira en prison, un de ces jours, déclara-t-il en commandant un autre verre.

— N'exagère pas, Chauncey. Elle est peut-être un peu excentrique, mais elle n'est pas complètement folle. Elle veut simplement prouver qu'elle a ses propres idées.

— Ce n'est pas une manière de faire, rétorqua-t-il avec une désapprobation indignée.

Le tatouage de Veronica l'avait ébranlé jusqu'au plus profond de lui-même.

— Tu as raison. Moi aussi, je trouve ça hideux, mais c'est inoffensif.

Olympia se résignait, sachant qu'elle ne pouvait rien y faire.

— Elle est défigurée pour le reste de sa vie.

Chauncey avait l'air affligé, et il était évident qu'il rejetait toute la faute sur Olympia. Elle n'était pas responsable, mais néanmoins il la condamnait. Il s'était toujours comporté ainsi.

— Elle n'est pas défigurée, plaida-t-elle. Elle reste très jolie. Se faire faire ce tatouage était une bêtise, je suis d'accord. Si elle le regrette plus tard, elle pourra toujours le faire enlever.

— Et si nous l'y obligions maintenant ? suggéra-t-il en terminant son verre.

— Non, Chauncey. Elle se referait tatouer sur-le-champ. Laisse-lui un peu de temps.

Il secoua la tête et marmonna quelque chose à l'intention de sa femme ; puis, semblant remarquer Frieda pour la première fois, il décida de décharger sa mauvaise humeur sur elle.

— Je suppose que votre fils a des tatouages, lui aussi, dit-il d'un ton accusateur.

Il fallait que ce soit la faute de quelqu'un. En l'occurrence, celle d'Olympia *et* de Harry. Frieda sourit, l'air de s'amuser énormément. Il était facile de lire en lui et elle avait l'habitude que des gens de son espèce manifestent ce genre de préjugés.

— Non, il n'en a pas. Les Juifs ne se font pas tatouer. C'est contre notre religion.

— Oh... murmura-t-il, ne sachant que répondre.

Il chuchota alors quelque chose à Felicia et tous deux se levèrent. Le dîner étant terminé, le moment était venu d'aller retrouver leurs invités dans la salle de bal. Les jeunes filles qui faisaient leur entrée dans le monde les accueilleraient à leur arrivée, tandis que leurs cavaliers attendraient dans les coulisses.

9

Une fois les filles parties, Olympia poussa le fauteuil roulant jusqu'à l'ascenseur. Quand elle avait jeté un dernier coup d'œil à Veronica, celle-ci portait l'étole soigneusement drapée autour de ses épaules et, une fois de plus, elle fut reconnaissante à Frieda de l'avoir réalisée. Au moins, lors de la présentation, personne ne verrait le tatouage. Suffisamment de gens avaient pu le découvrir pendant le dîner et il avait déjà provoqué assez de remous.

— Je suis désolée de l'attitude de Chauncey, dit Olympia à Frieda tout en manœuvrant son fauteuil.

— Ce n'est pas ta faute. Je suis toujours stupéfaite de constater qu'il existe encore des gens comme lui. Et je me laisse surprendre chaque fois par ce genre de préjugés. Il doit vivre dans un monde très protégé.

— Oui, répondit Olympia en se félicitant de n'être plus mariée avec lui.

Harry avait certes des défauts, mais c'était un homme intelligent, bon et droit.

Quand elles arrivèrent à la salle de bal, elles passèrent devant toutes les débutantes alignées en une haie d'honneur. La haie ne semblait pas devoir finir et Frieda gratifia les jumelles d'un sourire radieux lorsqu'elle parvint à leur hauteur. Olympia et elle avaient serré chacune des cinquante mains droites gantées de blanc qu'on leur tendait gracieusement. Il y avait des filles très jolies parmi les débutantes, mais aucune aussi jolie, selon Olympia, que ses jumelles. Dans leurs robes du soir blanches, elles étaient éblouissantes l'une comme l'autre.

Frieda souriait encore de fierté et de plaisir quand elles atteignirent leur table. Après l'avoir installée, Olympia s'assit à côté d'elle. Steve, l'ami de Virginia, était déjà là. Il se leva poliment et se présenta, l'air un peu gêné, avant de se rasseoir. Très fâchée contre lui, Olympia se montra distante. Le couple qu'elle avait invité arriva peu après. Le temps qu'elle les présente à Frieda, Margaret Washington et son mari firent leur apparition. Margaret portait une magnifique robe en dentelle brune, d'une couleur presque identique à sa peau. Frieda trouva qu'elle ressemblait à la chanteuse Lena Horne dans sa jeunesse. Ils formèrent aussitôt un groupe chaleureux.

Chauncey et Felicia arrivèrent cinq minutes plus tard. Olympia remarqua que l'importante quantité d'alcool qu'avait bue son ex-mari commençait à faire son effet. A sa grande contrariété, il dévisagea Margaret et son mari avec incrédulité, comme s'il n'avait jamais vu de Noirs. Sans un mot, il jeta un regard contrarié à Olympia et s'assit. Elle avait commis l'impensable : non seulement elle avait amené une Juive au bal avec elle, mais elle avait invité un couple noir. Chauncey semblait au bord de l'apoplexie. Et, pour couronner le tout, sa fille avait un tatouage !

En voyant son expression, Olympia se mit à rire. Margaret croisa son regard, comprit la raison de son hilarité et joignit son rire au sien. Inconsciente de ce qui se passait, Frieda souriait de bonheur. Elle se délectait à observer les gens, les bijoux et les robes du soir. C'était comme si elle vivait un conte de fées. L'enchantement qui se lisait sur son visage valait à lui seul toute la soirée. Quoi que Chauncey pût en penser, Olympia savait qu'elle avait bien agi. Frieda méritait d'être là. Le monde de Chauncey, avec ses valeurs dépassées et son mode de vie sectaire, était révolu. Finalement, en agissant comme elle l'avait fait, Olympia avait été bien plus constructive que Harry avec son boycott. En restant à la maison, il avait réagi comme le souhaitaient les gens tels que Chauncey. Olympia, elle, avait fait preuve d'ouverture d'esprit en invitant une survivante de la Shoah et une jeune et brillante avocate noire. Existait-il un meilleur moyen de lutter contre le racisme et les préjugés d'une certaine classe ? Non, elle n'en voyait pas.

Alors qu'elle y réfléchissait, elle fut étonnée de voir Charlie traverser la salle de bal dans sa direction et se demanda s'il y avait un problème. Tout le monde avait à présent pris place autour des tables. Les filles étaient dans les coulisses pour se préparer avant la présentation. Elles devaient être en train de se poudrer le nez, de se donner un dernier coup de peigne et de remettre du rouge à lèvres. L'orchestre ayant commencé à jouer, les parents et les amis des débutantes dansaient. Ils avaient encore vingt minutes pour se divertir avant que le spectacle ne commence. D'un air résolu, Charlie s'approcha de sa mère et, à sa grande surprise, l'invita à danser. Elle lui sourit, touchée par ce geste. Elle savait qu'il le faisait parce que Harry n'était pas là. Et, aussi, parce qu'il n'ignorait pas combien il était difficile pour elle de passer une soirée avec son père. Chauncey s'était montré grossier envers elle et impoli vis-à-vis des personnes qu'elle avait invitées. Pour une raison qu'elle ne s'expliquait pas, Felicia et lui n'avaient convié aucune de leurs relations. Charlie emmena sa mère jusqu'à la piste et ils commencèrent à danser.

— Est-ce que je t'ai dit récemment à quel point je suis fière de toi ?

Un sourire heureux sur les lèvres, elle levait le visage vers son aîné, tandis que Frieda les observait avec plaisir. Olympia était une très belle femme et son fils était un garçon séduisant et adorable. Il avait huit ans quand Olympia et Harry s'étaient mariés, et Frieda l'avait vu passer de l'enfance à l'âge adulte. Comme Olympia, elle était fière de lui. C'était un bon garçon.

— Je t'aime, maman, dit doucement Charlie.

De nouveau, dans ses yeux, elle décela cette ombre qui semblait l'interpeller.

— Moi aussi, je t'aime, Charlie. Plus que tu ne l'imagines. Les filles sont fabuleuses, ce soir, n'est-ce pas ?

Il acquiesça d'un signe de tête, et elle continua de bavarder tout en dansant. Il y avait longtemps qu'elle n'avait pas dansé avec lui et elle était stupéfaite de constater à quel point il ressemblait à son père au même âge. Mais Charlie était bien plus profond et intelligent.

— Il y a beaucoup de jolies filles présentes, ce soir. Tu trouveras peut-être celle de tes rêves, le taquina-t-elle.

En vérité, cela ne lui aurait pas tellement plu. Elle préférait qu'il trouve une fille issue d'un milieu plus ouvert que celui-là. Passer une soirée avec ces gens n'était pas désagréable mais, d'une certaine façon, ils étaient une curiosité, une relique du passé, comme le père de Charlie. Elle voulait pour son fils quelqu'un de plus profond et de tolérant. C'est alors que Charlie se pencha vers elle, un petit sourire aux lèvres.

— Je sais que l'endroit est curieusement choisi pour le faire, maman. Et que ce n'est sans doute pas le meilleur moment... Mais il y a une chose que je veux te dire depuis quelque temps.

— Si tu m'annonces que tu as une tête de mort tatouée sur la poitrine, je te frappe.

Il se mit à rire en secouant la tête. Puis son regard se fit de nouveau sérieux.

— Non, maman. Je suis homosexuel.

Il continua de danser sans manquer un pas. Sa mère le regarda, les yeux remplis d'amour et de fierté. Elle ne le laissait pas tomber.

De son côté, Olympia avait enfin la réponse à la question qu'elle lisait depuis si longtemps dans le regard de son fils.

Elle se tut pendant un long moment puis, se rapprochant de lui, elle l'embrassa.

— Je t'aime, Charlie. Merci de me l'avoir dit.

La confiance qu'il lui témoignait était le plus beau cadeau qu'il pouvait lui faire, tout comme l'acceptation paisible de ce qu'il venait de lui révéler était la plus belle preuve d'amour qu'Olympia pouvait lui donner.

— Quand j'y pense, je crois que je ne suis pas si surprise que cela. Je le suis, et en même temps, non. Est-ce qu'il s'est passé quelque chose avec le garçon qui s'est tué l'année dernière ? Tu étais amoureux de lui ?

Peut-être qu'au plus profond de son cœur elle se posait la question depuis le début. Peut-être son cœur lui avait-il soufflé que Charlie était différent longtemps avant que son esprit ne le comprenne.

Il secoua la tête.

— Non. Nous étions simplement amis. Il est rentré chez lui pour le week-end et a dit à ses parents qu'il était homosexuel, lui aussi. Son père a déclaré qu'il ne voulait plus jamais le revoir. Il s'est tué à son retour.

— C'est terrible de la part de son père d'avoir réagi ainsi.

Tout en dansant, elle aperçut Chauncey par-dessus l'épaule de Charlie.

Annoncer cette nouvelle à son père n'allait pas être facile pour lui. Tous les deux savaient que Chauncey avait des préjugés sur une multitude de sujets.

— J'avais sans doute peur qu'il ne m'arrive quelque chose comme ça. Non pas de me tuer. Mais je craignais votre réaction, à papa et à toi, si je vous le disais. J'étais presque sûr que tu le prendrais bien, mais on ne sait jamais. Et avec papa, ça risque d'être plus dur.

— Je le pense, oui. Il faut qu'il mûrisse un peu. Je pourrai peut-être t'aider. Mais je ne crois pas que tu devrais lui en parler ce soir, ajouta-t-elle avec circonspection.

Charlie se mit à rire. Il sautait aux yeux que Chauncey était ivre, comme d'habitude.

— Je n'en avais pas l'intention. Mais il y a des mois que je voulais vous le dire, à

Harry et à toi. Tu crois qu'il le prendra bien ? demanda Charlie, l'air préoccupé.

Ce que pensait Harry comptait beaucoup pour lui. Il avait un profond respect pour l'homme, même s'il n'était pas là ce soir. Ne pas assister au bal, c'était simplement quelque chose que Harry se sentait tenu de faire.

Ils lui avaient tous pardonné, maintenant, même sa femme.

— Je ne pense pas que ce sera un problème pour lui. En fait, j'en suis même sûre. Dis-le-lui quand tu voudras.

— Je le ferai. Merci, maman, répondit-il en baissant les yeux sur elle.

Il paraissait plus heureux que depuis des mois. Tandis qu'elle l'observait, la danse prit fin.

— Tu es la meilleure mère qu'on puisse avoir. Et maintenant, je peux te parler du tatouage que j'ai dans le dos ?

Il se moquait d'elle, riant de nouveau comme un gamin. Cependant, tous les deux savaient que, cette nuit, il était devenu un homme. Il avait franchi le terrible pas qui sépare l'enfance de l'âge adulte. Pour lui aussi, cette soirée avait été un rite de passage ; un passage terrifiant, en l'occurrence. Quelles que fussent ses préférences sexuelles, sa mère l'aimait. C'était évident. Elle éprouvait pour lui un respect et un amour inconditionnels.

— Ne t'avise pas de me dire que tu as un tatouage, mon fils. Je risquerais de t'étrangler !

— Ne t'inquiète pas, maman. Je n'en ai pas.

A présent, il lui fallait rejoindre les autres dans les coulisses. Mais il avait été convaincu qu'avant cela il devait lui parler. Sans savoir pourquoi, il sentait qu'il devait le lui dire ce soir-là. A sa manière, différente de celle de ses sœurs, il avait franchi une étape, lui aussi.

Avant qu'il ne la raccompagne, elle pivota pour le regarder de nouveau, et elle prononça les paroles exactes qu'il souhaitait entendre et dont il avait besoin.

— Je suis fière de toi.

Il l'embrassa sur la joue, puis la reconduisit jusqu'à sa table. Là, debout à côté de la chaise qu'elle avait occupée, Harry la regardait, en cravate et queue-de-pie blanches. A le voir, on aurait pu croire que sa présence à côté d'elle avait toujours été prévue. La tête levée vers lui, Frieda le regardait avec fierté. La soirée n'avait pas été seulement celle des filles ; les fils en avaient eu leur part, eux aussi.

228

— Qu'est-ce que tu fais ici ? murmura-t-elle en lui souriant, tandis que Charlie s'éloignait.

Sa présence la touchait au-delà des mots. Qu'il soit venu, en dépit de ses principes et de ses objections, était un cadeau qu'elle chérirait à jamais, tout comme la confiance de son fils. Jusqu'à présent, cette nuit s'avérait mémorable.

— J'ai décidé de prendre au mot ta suggestion et celle de ma mère, et de me ressaisir. Cette soirée m'a semblé le bon moment pour le faire.

Tout le monde paraissait avoir eu une révélation, ce soir. Olympia aimait Harry, qu'il assiste au bal ou pas. A partir du moment où il lui avait exposé ses convictions avec force, elle avait renoncé à espérer.

— Avons-nous le temps de danser ? lui demanda-t-il doucement.

Elle acquiesça d'un signe de tête. C'était la dernière danse avant la présentation. Il avait orchestré son arrivée à la perfection.

— Je t'aime, Harry, dit-elle d'un air heureux, en valsant lentement dans ses bras.

— Je t'aime, moi aussi. Je suis désolé de m'être comporté comme un crétin. Il fallait sans doute que je le comprenne par moi-même. Ce soir, au moment de partir, continua-t-il en riant, ma mère m'a dit que je lui faisais honte. Elle a déclaré qu'elle ne connaissait personne d'aussi plein de préjugés que moi. Même Max a dit qu'il était stupide de ma part de ne pas y aller. Ils avaient tous raison, je m'en rends bien compte. La seule chose importante à mes yeux, ici, c'est toi, et les enfants. Je suis désolé de t'avoir laissée venir seule. Comment s'est passé le dîner ?

— Intéressant. Chauncey a piqué une crise à cause du tatouage de Veronica. Je ne peux pas l'en blâmer mais, comme d'habitude, il a passé les bornes.

— Lui a-t-elle intimé l'ordre d'aller se faire voir ? demanda-t-il avec amusement.

S'il avait manqué le feu d'artifice du dîner, il était arrivé au meilleur moment, celui qui comptait vraiment pour Olympia : la présentation de ses filles à la société, quoi que cela puisse signifier.

— C'est assez étonnant, mais elle s'est abstenue. Elle lui a conseillé de devenir adulte, ce qui n'est pas une mauvaise idée. Un peu de sobriété ne lui ferait pas de mal non plus. Il boit encore trop.

Olympia aurait beaucoup de choses à raconter à Harry lorsqu'ils retourneraient à la maison, ce soir. D'abord, lui révéler l'aveu de Charlie. C'était ce qui importait le plus à ses yeux, mais elle ne voulait pas lui en parler ici.

Bien qu'encore un peu désarçonnée par ce que son fils lui avait confié, Olympia était émue qu'il ait fini par la mettre dans la confidence. Un poids semblait lui avoir été ôté des épaules à partir du moment où il le lui avait dit. A présent, c'était à Olympia elle-même de digérer la nouvelle. Mais, au final, elle se satisferait de ce qu'il était, de ce qu'il voulait, de ce dont il avait besoin ou qui le rendait heureux. Et elle savait que Harry réagirait comme elle. Avec Chauncey, ce serait une autre histoire. Il allait lui falloir certainement plus de temps pour s'y faire.

En repensant à un épisode du dîner que Harry avait manqué, elle se mit à rire.

— J'ai cru que Chauncey allait avoir une attaque quand les Washington sont arrivés.

Harry joignit son rire au sien.

— Tu sais t'y prendre mieux que moi pour faire passer un message, ça ne fait pas de doute. Quelles que soient les règles, tu les as probablement toutes enfreintes avec les personnes que tu as invitées. C'est un bon moyen d'obliger les gens comme Chauncey à affronter le monde réel. Et pour ma mère, comment ça se passe ?

— Je crois qu'elle s'amuse bien.

Elle sourit alors à son mari avec, sur le visage, une expression de plaisir manifeste.

— Merci d'être venu, Harry. Je suis si contente que tu sois là...

En voyant tout ce que cela signifiait pour elle, il fut heureux. Finalement, il avait bien agi, il en était convaincu.

— Moi aussi. Quand commence le spectacle ?

Le roulement de tambour qui mit un terme à leur valse lui donna la réponse. Le maître de cérémonie demanda à chacun de regagner sa table.

Harry quitta la piste de danse derrière sa femme, et prit place à côté d'elle et de sa mère, assise dans son fauteuil roulant. Un moment plus tard, l'obscurité se fit dans la salle, le rideau se leva et un projecteur illumina une arche de fleurs. Des élèves officiers de West Point apparurent, qui s'alignèrent sur deux rangées, sabres levés et croisés.

Les débutantes allaient passer sous cette haie d'honneur, exactement comme Olympia l'avait fait lors de ses débuts, vingt-sept ans auparavant. Frieda contemplait ce spectacle avec des yeux écarquillés. Peu après, la première jeune fille fit son entrée.

Elles se présentaient par ordre alphabétique, et Olympia savait qu'avec le nom de Walker les jumelles seraient les dernières. Quarante-huit autres filles défileraient sous leurs yeux avant que Virginia et Veronica fassent leur révérence.

Tandis qu'elles avançaient lentement, certaines débutantes paraissaient nerveuses, d'autres sûres d'elles ; certaines arboraient un large sourire, d'autres ne souriaient pas du tout. La couronne de fleurs dont elles étaient coiffées leur donnait un air angélique, et il y avait quelques robes vraiment jolies, d'autres étant un peu trop excentriques. Qu'elle fût grosse ou mince, ravissante ou quelconque, chacune des filles qui s'avançait, un bouquet dans sa main gantée, l'autre main reposant sur le bras de son cavalier, paraissait vivre le moment le plus glorieux de son existence.

Le maître de cérémonie annonçait le nom de la jeune fille et celui de son cavalier. Elle se tenait un instant immobile, tandis que tout le monde applaudissait et que sa famille l'acclamait avec force vivats et sifflets ; puis, avec grâce, elle faisait sa révérence, descendait lentement les marches, passait sous la haie d'honneur des élèves officiers et traversait la salle pour aller attendre les autres. Ce cérémonial était un peu ridicule, et merveilleusement suranné. Il était aisé d'imaginer des jeunes filles accomplissant ces mêmes gestes, depuis les derniers siècles jusqu'à l'époque moderne. A la différence de leurs ancêtres, ces débutantes ne cherchaient pas de mari. Elles faisaient leur entrée dans le monde au milieu de leurs familles et de leurs amis, lors d'un instant magique, unique, dont elles se souviendraient toute leur vie. Le monde s'apprêtait à les accueillir et à les fêter, un monde qui se montrerait clément pour certaines, plus dur pour d'autres. Mais, pendant un bref et lumineux moment, rien d'autre n'existait que l'assurance que chacun, dans la salle, l'aimait, était fier d'elle et lui souhaitait beaucoup de bonheur. Un sentiment de joie extrême et de tendre approbation émanait du public tandis qu'il applaudissait chacune des jeunes filles.

Enfin, Olympia et les personnes assises autour de sa table purent applaudir d'abord l'entrée de Veronica, puis celle de Virginia. Veronica ne marquait aucune réticence, au contraire. L'air fière et sûre d'elle, son étole drapée autour des épaules, un sourire sexy sur les lèvres, elle descendit les marches à pas mesurés, passa sous les sabres et rejoignit les autres, à l'autre bout de la salle. Puis Charlie, beau comme un dieu, apparut avec Virginia. Après avoir glissé la main gantée de sa sœur au creux de son coude, il lui pressa gentiment le bras avant qu'elle effectue une gracieuse révérence avec un sourire timide, puis descende lentement l'escalier. Les débutantes défilèrent une dernière fois autour de la piste de danse, avant de former une ligne impressionnante de jeunes beautés et d'accomplir une ultime révérence. Les pères furent alors invités à se rendre sur la piste. Chauncey se leva avec plus d'assurance qu'Olympia ne s'y attendait, et s'avança avec fierté vers Virginia. Comme Olympia murmurait quelque chose à l'oreille de Harry, celui-ci hésita, puis alla rejoindre Veronica.

Chauncey le dévisagea un instant, avant de le saluer de la tête. Comme s'ils s'étaient entendus à l'avance, ils dansèrent avec une des jumelles pendant la moitié de la valse, avant de permuter. Olympia savait qu'elle n'oublierait jamais ce moment, pas plus que Harry ou Frieda. L'homme si vigoureusement opposé à tout ce que représentait cette cérémonie dansait avec ses belles-filles le soir de leurs débuts... Quand la valse fut terminée, et à l'immense stupéfaction d'Olympia, Chauncey serra la main de Harry. Cette soirée constituait un rite de passage non seulement pour les jumelles, mais aussi pour leurs parents. Les deux familles reconnaissaient le lien qui les unissait à travers leurs enfants.

Revenu ensuite à leur table, Chauncey invita Olympia à danser.

— Je ne suis pas encore remis de ce tatouage, lui dit-il, en souriant cette fois.

L'espace d'un instant, il lui rappela presque l'homme qu'elle avait un jour aimé. Tous deux partageaient ces enfants formidables, et passaient ensemble une soirée dont tout le monde chérirait très longtemps le souvenir. Ses paroles la firent rire.

— Moi non plus. J'ai cru que j'allais tomber raide morte quand je l'ai vu. J'imagine que nos enfants nous surprendront toujours, et pas toujours d'une manière qui nous plaira. Mais nous avons de la chance, Chauncey, ce sont des enfants fabuleux.

— Oui, reconnut-il sans hésitation, c'est vrai.

Quand Olympia balaya la salle du regard, elle vit que Harry dansait avec Felicia, Veronica avec Charlie, et Virginia avec Steve, l'air heureuse d'être dans ses bras, quand bien même il lui avait brisé le cœur la nuit précédente. Elle riait à quelque chose qu'il lui disait, et Olympia ne put s'empêcher de se demander si, ébloui par Virginia, il avait changé d'avis.

Elle l'espérait. Les filles méritaient d'être heureuses cette nuit plus que toute autre. Il était prévu qu'elles la passeraient dehors avec leurs amis, et ne rentreraient à la maison qu'après avoir pris un petit déjeuner quelque part.

Les deux filles ne manquèrent pas de venir lui dire combien elles l'aimaient, et à quel point elles étaient heureuses d'avoir fait leurs débuts. Veronica la serra très fort dans ses bras et, au moment où les jumelles la remerciaient, toutes les trois fondirent en larmes. A cet instant radieux, toute la peine qu'Olympia s'était donnée reçut sa récompense.

Harry et elle dansèrent longtemps après le départ de Chauncey, Felicia et leurs autres invités. Assise dans son fauteuil roulant, Frieda, ravie, observait les gens et écoutait la musique. A minuit, on leur servit une collation, et il était 2 heures du matin lorsque les trois Rubinstein quittèrent les lieux. Frieda déclara que, si elle n'avait pas eu la cheville plâtrée, elle aurait dansé toute la nuit, et qu'elle avait passé la soi-rée la plus magique de son existence. Le simple fait de voir à quel point elle était enchantée toucha profondément Olympia et Harry.

Charlie tint à venir leur dire au revoir avant de partir avec les filles.

Ils se rendaient tous dans un club privé pour continuer à danser. C'était une nuit qu'aucun d'eux n'oublierait jamais. Avant de s'en aller, il chuchota à l'oreille d'Olympia :

— Encore merci, maman. Je t'aime.

— Moi aussi, je t'aime, mon chéri, lui répondit-elle en souriant.

Cette nuit exceptionnelle tissait des liens très forts entre eux. Les deux filles étaient venues la remercier. Même Veronica assu-rait qu'elle avait passé une soirée formi-dable ; une affirmation que Harry reprit pour son compte lorsqu'ils partirent.

— C'était génial, Ollie, déclara-t-il en la regardant avec tendresse.

Il était heureux de ce qu'elle avait fait pour sa mère. Instinctivement, Olympia avait su tout ce que cela représentait pour Frieda, et rien au monde n'aurait pu l'empêcher de l'amener ici. Chacun à sa manière, ils avaient tous franchi un pas, cette nuit. Et Harry peut-être plus que tous les autres. L'espace d'un instant, il avait renoncé à ses idéaux extrémistes, consenti à se laisser fléchir, et découvert que ce n'était pas piétiner ses principes que d'évoluer dans plusieurs mondes.

Les yeux de Frieda pétillaient encore lorsqu'ils montèrent dans la limousine. Ce soir, Frieda était Cendrillon, et Olympia sa fée-marraine.

Harry, lui, avait finalement joué le rôle du prince charmant.

Une fois à la maison, tous les trois se retrouvèrent dans la cuisine, Harry ayant proposé de faire une omelette. Il avait desserré sa cravate, alors que Frieda portait toujours sa belle robe de velours noir. Assis autour de la table, ils commentèrent chaque moment particulier de la soirée.

— Felicia portait une sacrée robe, fit remarquer Harry en terminant son omelette.

Olympia se mit à rire.

— Felicia convient parfaitement à Chauncey. Peut-être que Veronica a brisé la glace avec son tatouage. Qui sait s'il ne faudrait pas que je m'en fasse faire un ?

— Tu n'as pas intérêt ! tonna Harry, plus séduisant que jamais aux yeux de sa mère et de sa femme.

Olympia aida Frieda à se mettre au lit pendant que Harry rangeait la cuisine. La tête sur l'oreiller, la vieille dame leva vers sa belle-fille un regard plein d'étoiles.

— Merci, Olympia. Je n'ai jamais passé de meilleur moment.

— Moi non plus, reconnut Olympia avec honnêteté. J'ai été si heureuse que vous et Harry soyez là.

— C'est un bon garçon, déclara fièrement Frieda. Je suis contente qu'il ait fait ce qu'il fallait.

— Il le fait toujours, dit Olympia qui l'embrassa, lui souhaita une bonne nuit, puis éteignit la lumière et sortit.

Harry l'attendait dans le vestibule. Ils montèrent l'escalier main dans la main et refermèrent la porte de leur chambre avec précaution, pour ne pas réveiller Max. La baby-sitter que Harry avait appelée au dernier moment était partie quand ils étaient rentrés. Il était près de 4 heures lorsque Harry défit la fermeture Eclair de la robe d'Olympia, et contempla son épouse avec plaisir.

Elle se souvint alors de ce qu'elle n'avait pas pu lui confier jusqu'à cet instant. Son regard se fit sérieux.

— Charlie m'a dit quelque chose de très important, ce soir.

— Il a un tatouage, lui aussi ? la taquina-t-il.

Olympia secoua la tête. Elle n'éprouvait pas de tristesse, mais un immense respect pour Charlie.

— Charlie a également franchi un pas, ce soir... Il m'a dit qu'il était homosexuel.

Harry ne fut pas totalement surpris, même s'il n'avait jamais eu aucune certitude. Il s'était posé la question à une ou deux reprises, mais sans vouloir en parler à Olympia, au cas où ses soupçons n'auraient pas été justifiés. Il craignait qu'elle n'en soit affectée. Ce n'était pas le cas. Elle avait été surprise, mais elle aimait son fils plus que jamais.

— Il me l'a dit quand nous dansions ensemble, juste avant ton arrivée.

— Je me demandais de quoi vous parliez. Je te regardais danser avec lui. Tu étais très belle.

Harry s'approcha alors pour la prendre dans ses bras.

— Comment vis-tu la chose ?

Il avait l'air inquiet. Pour Charlie, cette révélation n'était pas anodine : elle impliquait de nombreuses conséquences qui l'affecteraient, de même qu'eux tous, pendant des années. Pendant toute sa vie.

— Pas trop mal, je crois. Tout ce que je veux, c'est qu'il soit heureux. Et il paraissait l'être beaucoup plus que ces derniers temps, quand il me l'a avoué.

— Alors, je suis content. Et soulagé pour vous deux. Tu sais, ajouta-t-il en s'asseyant sur leur lit sans la quitter des yeux, tu avais raison. Je crois qu'un bal des débutantes est une bonne chose. Ça ressemble beaucoup à une bat-mitsva. C'est l'une de ces occasions où tout le monde se sent bien ; pas seulement les filles, mais leur famille, leurs amis et tous ceux qui y assistent. J'étais ravi de voir ma mère là-bas. Et aussi de danser avec toi et avec les filles. Ça peut paraître stupide, mais quand Chauncey m'a serré la main sur la piste de danse, j'ai eu les larmes aux yeux.

Il y avait eu des larmes dans ses yeux à plusieurs reprises, cette nuit-là, comme dans ceux d'Olympia. Ç'avait été une nuit d'amour et de fête, une nuit d'espoir et de souvenir, une nuit où les filles deviennent des femmes, les enfants deviennent des adultes, les étrangers deviennent des amis. Exactement comme Olympia l'avait dit, c'était un rite de passage, une charmante tradition, rien de plus. Au cours de cette soirée, Harry avait fait ses débuts dans un monde nouveau, alors que d'autres jetaient un coup d'œil en arrière vers un monde ancien. Quand le passé et l'avenir se rejoignaient, l'espace d'un instant étincelant, quand le temps s'arrêtait, la tristesse se dissipait et était oubliée, et la vie commençait.

Photocomposition Nord Compo
59650 Villeneuve-d'Ascq

Achevé d' imprimer par GGP Media GmbH, Pößneck
en Juin 2009
pour le compte de France Loisirs,
Paris

N° d'éditeur : 55818
Dépôt légal : Juin 2009

Imprimé en Allemagne